KB074845

# 띵동!
# 작은 학교입니다

신규 교사에게 배달된

작지만 큰 선물

장홍영 지음

세종마루

'교사로서의 저를 빛나게 해준

작은 학교 아이들에게

특별한 애정을 담아 감사함을 전합니다.'

# 내게 찾아온
# 작은 학교라는 선물

이 책을 펼친 분들은 어떤 분들일까. 주로 작은 학교에 첫 발령을 받으신 신규 선생님, 큰 학교에서 작은 학교로 전입 가시는 고경력 선생님, 자녀를 작은 학교에 진학시키길 고민하시는 학부모님 등 작은 학교에 관심 있으신 분들이 아닐까 생각한다.

사실 농촌 6학급 작은 학교에 첫 발령을 받아 근무를 시작했을 땐 하루하루가 막막했다. 하지만 지나간 시간을 돌이켜보면서, 그때의 경험들이 엄청난 선물이었다는 것을 깨닫게 되었다. 그런 이유로 누군가에겐 내 글이 도움이 되길 바라며, 용기를 내어 책을 출간하게 되었다. 신규 발령을 받았을 때의 나처럼 새로운 환경에 적응하는 것이 두려운 분, 이제 막 사회에 발을 디뎌 무한한 응원이 필요한 분, 소소한 일상을 공감하며 지친 하루에 힘을 얻고 싶은 분들에게 내게 찾아온 작은 학교라는 선물을 보여주고 싶다.

임용 합격 후 첫 학교가 발표 났을 땐 기뻤지만 당황스러웠다. 장학사님께서 집 근처로 학교를 배정해 주겠다며 전화를 주셨기에 마음을 놓고 있었는데, 본가에서 110km 정도 떨어진 학교에 발령받았기 때문이다. 게다가 평생 도시에 살았던 나는, 시골 작은 학교와 농촌에서의 생활이 상상되지 않았다. 학교 지역으로 가는 버스 운행 횟수도 적어서 학교에 처음 방문할 땐 부모님 차를 얻어 탔다. 학교 주변 풍경은 충격 그 자체였다. 주위에 있는 것이라곤 드넓은 논밭뿐이었기 때문이다. 한강공원처럼 드넓은 산책로, 편의점, 프랜차이즈 카페, 식당, 문구점 등 그 어떤 편의시설도 없었다. 하지만 아담한 2층짜리 학교의 첫인상은 귀여웠고 정겨웠다. 情(정)이 빨리 드는 나는, 이제부터 '우리' 학교라고 생각하니 마음이 동했다.

친정이라고 부르는 첫 학교에서 겨우겨우 3년을 보낸 후, 근처 작은 학교로 이동하여 2년간 좌충우돌 연구부장 생활을 했다. 6년 차에 도시로 지역을 옮기며 '이제 작은 학교 생활도 끝났구나.' 싶었는데 또다시 작은 학교에서 일하게 되었다. 업무 때문에 큰 학교로 떠나고 싶다는 생각도 종종 했지만, 작은 학교에서 나를 보람차게 했던 것은 사람들이었다. 동료 선생님, 학생들, 학부모님까지 아낌없이 응원해 주는 분들이 계셨기에 견딜 수 있었다.

책의 1부에는 신규 교사 개인의 이야기를 주로 서술했다면, 2~4부에는 아이들과 함께한 추억 위주로 소개하려 노력했다. 작은 학교 교사가 되었기에 누릴 수 있었던 소중한 선물들을 책으로 펴낼 수 있게 되어 무척 기쁘다.

신규 때부터 지금까지 아이들을 떠올리며 비는 소원이 있다. '올해를 떠올렸을 때 나쁜 기억이 없도록 해주세요. 욕심을 내자면 행복한 추억만 가득 떠오르도록 해주세요.' 이젠 책을 펴내게 되니 독자분들을 떠올리며 소원을 빌게 되었다. '『띵동! 작은 학교입니다.』를 읽는 독자분들이 건강하고 행복하게 지내게 해주세요. 더 나아가 책을 읽으시며 조금이라도 위로를 받으시거나 웃으실 수 있게 해주세요.'

# 차 례

## 2장   설렘이라는 새싹

## 3장 우리라는 나무

## 4장 사랑이라는 열매

제1장

# 성장이라는
## 씨앗

# 동료 선생님들과의

# 관사 파티

신규 발령 첫 주부터 연속 3일 초과근무를 하게 되었다. 사실 예상했던 일이었다. 2월부터 부지런히 교실을 청소하고 환경 게시판을 꾸몄지만 할 수 없던 일이 있었기 때문이다. 바로 나이스(NEIS) 사용이다! 나의 정식 발령 날짜는 3월 1일이었기에 그 전엔 나이스(NEIS)를 이용할 수 없었다. 그래서 3월이 되자마자 교육과정 시간표를 짜기 위해 초과근무를 하게 된 것이다. 하지만 밤에 교실에서 홀로 일을 하는 것은 너무 무서웠다. 학교를 주제로 한 괴담은 왜 이리 많은지, 아이들이 학교에서 귀신을 봤다고 하면 겁쟁이 교사는 덜컥 짜증이 난다.

시골은 사람들이 하루를 빨리 마무리하는 편이라 그런지 도시보다 일찍 어두워졌다. 낯선 시골 동네에서 밤에 주민들을 만나면 반갑기보다 조금 무서운 느낌이 들었다. 첫 학교가 있던 동네는 산책로가 없었기에 학교 운동장에서 걷기 운동을 하는 분들이 많았다. 그러다 보니 어두컴컴한 운동장에 사람이 있는 것도, 사람이 전혀 없는 것도 모두 무서웠다. 더구나 학교에서는 근무 시간 이후엔 복도 전등을 모두 꺼버렸다. 그래서 초과근무 중에 교실에서 다른 곳으로 이동하려면 손전등을 켜고 다녀야만 했다.

발령 첫 주에는 다행히 동갑내기 교무부장님, 발령 동기 선생님과 함께 초과근무를 했다. 선생님들과 교무실에 쪼르르 앉아 있는 것만으로도 큰 힘이 됐다. 또한 모르는 것을 바로 여쭤보며 해결할 수 있어서 3일 만에 할 일을 끝낼 수 있었다. 3일 동안 업무 외에 어떤 이야기를 했는지는 정확히 기억나지 않는다. 하지만 허파에 바람이 빠진 듯 학교가 떠나가라 웃었던 기억은 생생히 떠오른다. 지금도 이때를 생각하면 마냥 행복하다. 업무가 힘들어도 좋은 사람들과 일하는 것이, 업무는 쉬운데 사람이 힘든 것보다 훨씬 나을 거라는 생각이 들었다.

땡동! 작은 학교입니다

학교 주변은 건물 수가 적어서 주변 도시보다 월세가 높은 편이었다. 방을 구하더라도 대중교통이 잘 되어 있지 않아 차가 있어야만 했다. 하지만 감사하게도 나는, 학교에서 엎어지면 코 닿을 거리인 관사에 살게 되었다. 관사 입주 요건은 매년 하는 설문조사 결과를 반영하는지 자주 바뀌는 것 같다. 내가 관사에 입주할 때는 뽑기로 운을 시험하는 방식이었다. 입주자를 뽑는 날, 교육청 근처 학교에서 입주 희망자가 모두 모였다. 시험 대형처럼 되어 있는 의자에 앉아 한 명씩 종이가 든 뽑기 통을 골랐다. 드디어 내 차례가 되었을 때, 두근대는 마음으로 뽑기 통을 뽑았다. 통을 열어 안에 있는 종이를 꺼내니 '당첨'이라고 적혀 있었다. 그 덕분에 나는 3년 동안 관사에 살 수 있었다. 학교 부속 건물처럼 느껴졌던 관사에 살았기에 잠도 푹 잘 수 있었고, 동료 선생님들이 계셔서 무서움도 덜했다. 또한 곰팡이가 가득했던 관사를 어머니와 친구분들께서 새집처럼 도배를 해주셔서 사는 내내 쾌적했다.

그런데 관사에는 종종 따뜻한 물이 나오지 않았다. 그래서 추위에 벌벌 떨며 샤워를 한 적도 있었고, 우연히 새벽에 깨서 아무리 스위치를 눌러도 전등이 켜지지 않기도 했다. 거센 비바람 때문에 전기가 나간 것 같았다. 새벽임에도 너무 당황스러워서 발령 동기 선생님께 카톡을 보냈었는데, 선생님 집도 그러하다는 답변을 해주셨다. 새벽임에도 동료 교사와 카톡을 할 수 있었던 것은, 발령 동기 선생님과 같은 건물에 사는 특수한 환경이었기에 가능했던 것 같다. 다행스럽게도 얼마 후 특별한 조치 없이 다시 전기가 들어와서 무사히 샤워를 할 수 있었다.

나는 스무 살부터 거의 8년을 삼시세끼를 다 챙겨주는 기숙사에서 지냈다. 그러다 관사에 혼자 살게 되니 밥을 해결하는 게 문제였다. 가족에겐 늘 잘 챙겨 먹고 있다고 말했지만, 냉동 도시락이나 과자를 폭식하거나 식사 대용 셰이크로 끼니를 해결하곤 했다. 하지만 초과근무 이후 서로 가까워진 건지 어느 날은 동료 선생님들과 있는 반찬을 모아 같이 밥을 먹게 되었다.

소제목에 적은 '동료 선생님들과의 관사 파티'는 신나고 화려한 것이 아닌, 저녁 식사를 같이 먹은 일을 의미한다. 나는 극 I(내향형) 교사이기에 혼자 저녁을 먹는 게 가장 마음이 편하다. 그래서 누군가와 저녁 식사를 같이한다는 것은 나에겐 파티와 같다. 사람들과 함께 있으면 기가 쭉쭉 빠져나가는 느낌을 받지만, 마음 맞는 소수 동료 선생님들과의 식사는 무척이나 즐거웠다.

　퇴근 후에 직장 동료와 연락하는 경우는 거의 없을 것이다. 하지만 우리는 같은 건물에 살아서 그런지 친구와 비슷한 사이가 되었다. 동료 선생님들도 I 성향의 분들이라 잘 맞았던 걸까? 지금도 그때 추억이 종종 떠오른다. 관사에서 나눈 이야기들의 내용도 뚜렷하게 기억나진 않지만, 긴 시간 이런저런 이야기를 나누며 땅을 치며 웃었던 추억은 오랫동안 잊히지 않을 것이다.

　짧은 교사 생활 동안 즐거운 일도 많았지만 사소한 것에 지치고 한숨이 나오는 날도 많았다. 하지만 첫해에 만난 또래 선생님들의 챙김 덕분에 막 알에서 나온 병아리 교사는 별다른 고통 없이 걸어 다닐 수 있었다. 그분들의 기운 덕인지, 나는 계속해서 존경할 수 있는 멋진 선배님들을 많이 만났다.

　사실 어떤 직장이든 근무 시간 외엔 연락을 하지 않는 게 예의일 것이다. 하지만 첫해 선생님들과는 언제 어디서든 편하게 연락을 한다. 그렇게 연락이 닿아 이야기를 주고받다 보면 가족과 대화하듯 목소리가 커지기도 하고, 몇 시간씩 수다를 떨기도 한다. 선생님들이 어떻게 생각하실지 모르겠지만, 나에게 첫해에 만난 분들은 고향

같은 존재다. 이제는 모두 함께 모이기 위해서 억지로 시간을 조율해야 하겠지만, 언제 연락해도 나를 반가워해 주실 것이라 믿는다.

첫해의 추억이 아련한 이유는 다시는 나에게 그런 일들이 일어나지 않을 것임을 알기 때문이다. 그래서 더욱 오늘에 집중해 보려 한다. 지금 이 순간을 즐기자!

# 교사로서의
# 첫 운동회

내가 근무했던 지역은 공식적으로는 격년으로 번갈아가며 운동회와 학예회를 개최했다. 하지만 매년 근로자의 날과 어린이날 즈음 작은 운동회를 했기 때문에, 어떻게든 매년 운동회를 하게 되었다.

신규 발령을 받은 첫 운동회에서는 아이들보다 내가 더 설레었던 것 같다. 마치 초등학생으로 돌아간 기분이었다. 하지만 운동회는 마법같이 저절로 이루어지는 행사가 아니었다. 학생 땐 몰랐다. 이런 선생님들의 노고를. 다른 행사가 그러하듯 책상과 의자 등을 미리 옮겨야 했고, 아이들과 준비체조와 입장 연습도 해야 했다. 첫 운동회 때는 하필 날씨도 무더웠다. 가을임에도 땡볕에서 땀을 뻘뻘 흘리는 아이들을 보며 나도 힘이 들었다.

그런데 운동회가 시작될 때까지 선생님 간 역할 분담을 하지 않았다. 설상가상으로 당일에 풍선으로 만들어진 입장문(개선문)이 설치되니 학생들을 어떤 경로로 이끌어야 하는지 감이 오지 않았다. 그래도 누군가는 인솔을 해야 했기에 나는 눈치껏 선두에 서 있는 학생 앞으로 뛰어나갔다. 몇 번을 우왕좌왕한 끝에 입장 경로에 적응이 되었다. 그 후론 내가 주인공인 양 신나게 입장과 퇴장을 이끌었다. 계속해서 양 팀을 인솔하다 보니 한 선배님께서 나를 발견하셨다. 뛰어다니는 내가 안쓰러우셨던지 다른 선생님들께서 학생을 인솔해주기 시작하셨다.

그러다 교장 선생님께서 교사와 학부모의 계주 경기를 제안하셨다. 지금은 자신이 없지만, 고등학생 때 3년 내내 계주 스타트 선수를 했을 만큼 달리기를 좋아했던 터라 못 이기는 척 선수로 출전했다. 교장 선생님께서는 경기가 시작되기 전 "교사의 평균 나이가 더 어리니 우리 팀이 이겨야 해요."라고 웃으며 말씀하셨다. 초반엔 교사팀이 지고 있었다. 그런데 내가 앞으로 뛰쳐나가면서 바통을 건네받아 달린 후로 결과가 역전되었다. 너무 내 자랑이지만, 그 순간은 짜릿한 기억으로 남아있다.

우리는 줄다리기 경기에도 참여하게 됐다. 의자를 나르느라 힘을 쫙 뺐는데 줄다리기로 남은 힘을 짜내고 나니 허리와 손목에 통증이 느껴졌다. 들떠서 어쩔 줄 모르는 아이들을 보는 것도 즐겁고 경기에 참여한 것도 재밌었지만, 에너지가 많이 소진되어 남은 기력이 거의 없었다.

운동회 마지막 순서엔 모든 참가자가 한데 모여 강강술래도 하고 다양한 게임도 했다. 나는 쑥스러움이 많기에 사람들 앞에서 신나게 춤을 추는 아이들과 학부모님이 너무 신기했고 멋지게 느껴졌다.

체력 배터리가 1%쯤 남아있는 것 같을 때 뒷정리를 시작했다. 시끌벅적한 함성이 언제 있었냐는 듯 운동장엔 적막감이 흘렀다. 그때 연구부장 선배님께서 수레를 태워주셨다. 수레 손잡이를 잡고 "타세요~"라고 쿨하게 말씀하셔서 "정말요?"라고 말하며 냉큼 수레에 올라탔다. 우리만 있는 운동장에서 수레에 앉아 바람을 만끽하니 세상에서 내가 가장 자유로운 사람이 된 것 같았다.

신규 교사에게 첫 번째 운동회는 의미 있는 행사 중 하나일 것이다. 하지만 나는 그 이유 외에도, 학부모와 계주 경기를 하고, 선배가 태워주는 수레를 탄 경험 덕에 첫해 운동회가 특별한 기억으로 남아있다. 물론 그런 기회가 또다시 생길 수도 있을 것이다. 하지만 신규시절 느낀 감정은 다시 못 느낄 것 같다.

작은 학교 아이들뿐 아니라 대부분 아이가 가장 좋아하는 행사는 운동회일 것이다. 그래서 자기 팀이 지면 세상 떠나가라 우는 학생도 있다. 어떤 아이들은 운동회가 끝나면 "매일 운동회 했으면 좋겠어요."라고 말한다. 반면 어떤 아이들은 "매일 운동회를 하면 좋긴 할 것 같은데 솔직히 힘들 것 같아요."라고 말한다. 힘든지도 모르고 신나게 뛰어다닌 아이들은 다음날 기분 좋은 몸살로 계속 누워있을지도 모른다.

땀을 뻘뻘 흘리고 벅찬 숨을 쌕쌕 내쉬며 매 경기 최선을 다하는 아이들의 모습은 아름답다. 행복해하는 아이들의 순진무구한 표정을 보면 나에게 있던 악(惡)들이 씻겨나가 마음이 정화되는 기분도 든다. 마음껏 뛰고 소리 지를 수 있는 운동회를 즐기는 아이들의 모습은 나의 힐링 포인트다.

# 과학 준비물
# 혼자 챙기기

'과학 준비물 준비 미치겠다.' 나의 일기장에 적혀 있던 문구다. 나는 교생 실습을 큰 학교에서만 했다. 큰 학교에서는 과학 준비물을 과학 실무사님께서 준비해주셨다. 그래서 졸업 후 현장에 나가서도 편하게 수업을 할 줄 알았다. 하지만 6학급 규모의 작은 학교에는 과학 실무사가 없다. 그래서 수업을 위해 과학 준비물을 챙기는 것은 오롯이 교사의 몫이다.

과학 수업을 할 땐 결과가 잘못 나오면 실험을 여러 번 해야 할 수도 있고, 수업 시간 안에 원하는 결과가 나오지 않을 때도 많다. 그래서 과학 교과는 내가 수업 시간을 원하는 대로 조절하기 힘든 과목 중 하나다. 또한 위험한 준비물이 있는 실험들도 많아서 체육 교과만큼이나 부상의 위험도 크다. 안전 교육을 매번 시행하지만, 정말이지 부담스러운 교과다.

그런데 과학 준비물까지 혼자 챙기려니 여간 힘든 게 아니었다. 학교에서는 보통 학기별로 준비물을 구매한다. 대부분 실험기구는 갖춰져 있기에 소모품만 사면 되지만, 학기 초엔 재고 파악이 힘들다. 재고 파악 후 학년별로 준비물을 구매하면 어느새 3월이 끝나간다. 그래서 나는 사비로 준비물을 사곤 한다. 하지만 후배 선생님들은 학교 예산으로 준비물을 구입하는 능력을 기르셨으면 좋겠다. 나처럼 준비물을 사비로 계속 사다가는 텅텅 빈 잔고만 확인하게 될 것이다.

과학실 서랍마다 라벨링을 해두어도 물건이 워낙 많아서 물품의 정확한 위치를 한 번에 찾기는 어렵다. 수업 전 혼자 어두컴컴한 느낌이 드는 과학실에서 준비물을 찾고 있으면 도둑 생쥐가 된 것 같은 기분도 든다. 이상하게 과학실은 불을 켜도 음침한 느낌이 든다. 하지만 내가 열심히 찾은 준비물을 활용해 학생들이 즐겁게 탐구하는 모습을 보면 그간의 고생이 눈 녹듯 사라진다. 반대로 아이들이 흥미를 보이지 않으면 속이 상하기도 한다.

퇴근 시간 직전에 실험 준비물 정리를 끝내면 마음이 편치 않다. 사전 실험을 할 수 없기 때문이다. 사전 실험을 못한 다음 날 수업에서 원하는 결과를 얻지 못하면, 나의 게으름 탓인 것 같아 마음이 불편해진다. 하지만 내 탓만 하며 나를 갉아 먹으면 나의 교사 생활이 짧아질 것 같아서 '어쩔 수 없는 상황도 있지. 나는 최선을 다하고 있어. 다음에 더 잘하면 되지.'라며 스스로를 다독였다.

아이들 대부분은 실험을 정말로 좋아한다. 교사끼리 종종 이야기하는 것 중의 하나는 "우리가 힘든 만큼 아이들이 의미 있는 활동을 할 때가 많다."라는 것이다. 그렇기에 힘이 들어도 아이들과 실험하려 노력한다. 솔직히 과학 수업에 대한 나의 열정을 보존해 줄 수 있는 존재는 다름 아닌 과학 실무사다. 하지만 내가 계속해서 작은 학교에 근무하면 과학 실무사는 만나지 못할 것이다. 하나를 얻으려면 다른 하나는 포기해야 하는 세상 이치가 참으로 야속하다. 두 가지를 함께 가질 순 없는 걸까.

# 아이들과 함께
# 수영할 줄이야

때는 바야흐로 생존수영 수업 기간. 그때까지도 내가 민소매 수영복 차림으로 아이들과 수영을 하리라곤 꿈에도 생각하지 못했다. 생존수영 수업은 보통 5일간 이루어진다. 요즘은 3~5학년만 수업에 참여하지만, 이땐 6학년도 수업에 참여했다. 그래서 6학년 담임인 나도 아이들과 수영장으로 향했다.

인생 첫 생존수영 인솔 날, 아무것도 모르던 나는 물 밖에서 임장지도[01]를 했다. 그런데 선배님들이 첫날부터 물

---

01  임장 지도란 부동산을 살펴볼 때 많이 들어본 용어일 텐데, 학교에서는 교사가 현장에서 학생을 지도하는 것을 의미한다.

속으로 들어가시는 게 아닌가. 다년간 경험으로 습기 탓에 수영장 밖이 더 덥다는 것을 아셨던 것이다. 선배님들의 설득 덕분에 둘째 날부터는 나도 물속에서 아이들을 지도하게 되었다. 부끄러움이 많은 내가 어떻게 그런 용기를 냈는지 모르겠다. 시골이라 한 분뿐이던 강사님도 물속에서 아이들의 지도를 돕는 나를 반겨주셨다.

사실 나는 발이 닿지 않는 높이의 물을 무서워한다. 수영장 바닥엔 발이 닿긴 했지만, 내가 물과 잘 맞지 않는 건지 겁이 많은 건지 수영만 하면 과할 정도로 숨이 찬다. 25m 편도를 가는 것도 너무나 힘이 든다. 하지만 아이들이 지켜보고 있었기에 힘든 걸 참고 25m 수영장을 활보했다. 우리 아이들에게만은 최고가 되고 싶었기 때문이다. 그 덕분에 "선생님, 수영하시는 거 멋있어요.", "캡틴 마블 같아요."라는 말을 들었다. 사실 '아이들에게 우상으로 느껴지면 말을 더 잘 듣지 않을까.'라는 생각도 있었다.

민소매 수영복을 7년 만에 입어서 많이 민망했지만, 오랜만에 자유형, 배영, 평형을 해 보니 생각보다 재밌었다. 물속에서 아이들과 가위바위보 게임도 하고 수영 강사님과 함께 아이들을 직접 지도할 수 있는 것도 행복했다. 또

한 수영장에서는 서로의 목소리가 잘 들리지 않는데, 물 속에 들어가 가까이서 지도할 수 있는 것도 참 좋았다.

대부분 아이는 전생에 물고기였나 싶을 정도로 물을 너무 좋아한다. 물에 들어간 아이들을 보면 모두가 세상 그 어떤 어둠도 묻지 않은 듯한 무해한 표정을 짓고 있다. 그 모습을 바라보면 나도 잠깐이나마 근심이 사라진다. 하지만 생존수영 수업은 노는 시간이 아니라, '생존'을 위한 수영을 배우는 엄연한 수업 시간이다. 따라서 안전에 유의하며 교육과정을 충실히 수행하기 위해 조금도 긴장을 늦출 수 없었다.

나는 아이들이 수영복을 입고 씻는 것을 도와주어야 했기에 아이들보다 늦게 들어가서 빨리 나와야 했다. 북적북적한 탈의실 안에서 수영 수업에 참여하지 못한 학생을 챙기고, 머리를 묶지 못해 수영 모자를 쓰지 못하는 학생을 돕고, 아이들이 잃어버린 소지품을 찾아주고, 머리 말리는 것까지 도우면 정신이 아득해졌다. 게다가 수영장을 이용하시는 분들 중에서는 아이들이 너무 시끄럽다며 지적하시거나, 제대로 씻지 않았다며 혼을 내시는 분들도 계신다. 그래서 생존수영 수업 기간은 여러모로 교사들에게 그 어떤 체험학습보다 힘든 시간이다.

아이들은 3월부터 "생존수영 언제 가요?", "왜 7월에 가요? 더 빨리 가고 싶어요."라고 말하며 이 시간을 기대한다. 하지만 나는 매년 하는 생존수영 인솔이 도통 적응이 되지 않는다. 찜질방 같은 열기를 견디기 위해 그저 부채와 반바지를 챙길 뿐이다. 그런 나를 보고 아이들은 "선생님, 물 밖에 더워요? 왜요?"라고 말하곤 한다. 하지만 겨울에 수영 수업을 하면 아이들이 감기에 걸릴 수가 있다. 탈의실 드라이기를 학생들만 오래 쓸 수가 없으니, 머리를 덜 말리고 나가기 때문이다. 그래서 우리가 조금 힘들어도, 여름에 수업하는 것이 다행이라는 생각도 든다.

해외 사례에서 알 수 있듯, 생존수영은 어릴수록 학습효과가 좋다. 그래서 미취학 아동 때부터 가정에서 가르칠 수 있다면 더욱 효과가 좋을 것이다. 하지만 그럴 수 없는 사정도 있을 것이기에, 학교에서의 짧은 수업이라도 자그마한 보탬이 됐으면 좋겠다. 그래서 혹시나 위기상황을 마주했을 때 침착하게 대처하기를 바란다. 하지만 진실로 바라는 것은 생존수영에서 배운 내용을 활용해야 하는 일이 우리에게 발생하지 않는 것이다.

# 취미 부자 선생님의
# 교내음악회

 

 

 

 

 

나는 신규 교사 시절 홈트레이닝을 즐겨 했다. 건강 관리에 몰두하던 때라 퇴근 후 관사에서 세수를 하고 옷을 갈아입은 후 바로 운동을 했다. 그러다 동네의 작은 대회에 나가게 되었고 무료 바디프로필 촬영권을 얻었다. 예쁘게 보정된 사진을 받으니 실제의 내 모습도 그렇다는 착각이 들었다. 그래서 사진 촬영에 중독이 되어 여러 사진관에 방문하게 되었다. 우리 지역뿐만 아니라 모델 출신의 멋진 작가님을 뵈러 부산에 있는 사진관까지 가기도 했다.

나의 바디프로필은 말 그대로 몸(body: 바디) 사진을 찍은 것에 불과했다. 군살 하나 없는 탄탄한 근육으로 바디프로필 촬영을 하신 분들과 비교하면 안 된다. 나는 그런 부끄러운 몸뚱아리로 엄청나게 사진을 찍으러 다녔다. 그래서 촬영 비용도 많이 들었다. 하지만 20대 젊은 시절을 예쁜 사진으로 남겨둘 수 있었기에 후회하진 않는다.

시골, 특히 내가 살던 관사 근처에서는 할 수 있는 취미 활동이 거의 없었다. 아무것도 하지 않으면 불안함을 느끼는 나는 홈트레이닝 기록을 종종 SNS에 남겼다. 식단 관리를 해 보려고 '입이 좋아하는 음식 말고 몸이 좋아하는 음식을 먹자.' 같은 문구를 냉장고에 붙여두기까지 했다. 부산 촬영을 앞두고는 급식을 먹을 때도 음식을 가려 먹었다. 6학년 아이들이 이유를 궁금해해서 사실대로 말했더니 "선생님 촬영 잘하세요!", "선생님 멋있어요!"라며 응원을 해주었다. 이때는 6학년 아이들 중 나에게 팔씨름을 이기는 학생이 없을 만큼 힘도 셌다.

홈트레이닝이나 바디프로필 촬영 외에도 포슬린아트, 네온사인, 유리공예, 가죽공예, 아크릴화, 헬스, 플라잉요가 등 예체능 분야의 취미를 잠깐씩 즐겼다. 이 활동들은 주말에 본가 근처에서 하거나 평일에 차를 타고 멀리 가야 했고, 비용 부담이 되어 꾸준히는 하지 못했다. 하지만 도시에서 계속 근무했다면 하나라도 계속 즐기고 있을지도 모르겠다. 주말부부가 끝난 올해, 갑자기 이렇게 책을 출간하게 되었으니 말이다. 하지만 그때의 내가 있었기에 작은 학교 교사로서의 에세이가 탄생할 수 있었다.

나는 '시절인연(時節因緣)'이라는 말을 참 좋아한다. 그래서 이 책을 쓰려고 내가 작은 학교에 계속 근무한 게 아닌가 하는 생각도 든다.

3년 차 업무 중에는 교내음악회 행사 진행이 있었다. 첫해에는 대회라는 용어를 사용했는데, 지금은 대회라는 말을 지양해서 명칭이 바뀌었다. 나는 전교 임원들이 '인기가요' MC처럼 사회를 볼 수 있게 대본을 만들었다. 그런데 교무부장님께서 "음악회를 학예회처럼 준비하고 있네요."라며 놀란 반응을 보이셨다. 보통 학예회는 학부모를 초청하지만, 교내음악회는 반별로 1~2곡 정도의 음악 공연을 준비해서 학부모 초청 없이 진행한다. 부장님께서 그런 반응을 보이신 이유가 그 차이 때문이었는지도 모르겠다.

나는 음악엔 소질이 있었지만, 음악을 지도하는 데는

소질이 없었기에 음악 경연대회가 두려웠다. 더욱이 첫해 맡은 아이들이 6학년이라 전교에서 제일 화려하고 멋진 무대를 선보여야만 할 것 같았다. 대단한 무대를 꾸릴 자신은 없었기에 '아이들과 좋은 추억을 만들자!'란 마음으로 행사를 준비했다.

우선 아이들에게 어떤 공연을 하고 싶은지 물어보았다. 아이들과 토의한 끝에 리코더 합주와 동요 합창을 하기로 했다. 그런데 계속해서 연습을 반복하다 보니 아이들에게 미안한 마음이 들었다. '대회'라는 명칭 때문인지 좋은 모습을 보여줘야 한다는 생각에 모두가 부담을 느꼈던 것 같다. 그냥 즐기면 그만인데 말이다.

그런데 이변이 일어났다. 리코더가 어렵다며 포기하려 하고 짜증을 내던 아이들이 어느 순간 연주를 능숙하게 하는 것이 아닌가. 그 모습을 보고 있자니 마음이 뭉클했다.

우리 반의 팀명은 다수결 투표로 '정조'로 결정되었다. 특별한 이유는 없었다. 추측하자면 당시 사회 수업을 열심히 들은 아이들에게 정조 임금님이 떠올랐던 게 아닐까 한다. 나는 '정', '조'라는 글씨를 새겨 귀가 두 개 달린 머리띠를 제작 주문했다. 나보다 키가 커진 아이들이 미키마우스가 된 듯 머리띠를 쓰고 무대로 올라가니 1학년 보다 귀여워 보였다. 학생들이 리코더 합주를 할 때 나는 피아노 반주를 했다. 부족한 실력이지만 아이들과 같은 무대에 올랐다는 것에 감사했다.

반 아이들이 무대에서 멋진 연주를 하는 모습을 보니 '교육'은 좋은 것만 주는 게 아니라는 생각이 들었다. 아이들이 올바로 자라려면 약간의 고난과 시련을 통해 스스로 성장할 기회도 있어야 한다. 교육의 목적은 아이들의 바른 성장이니까.

# 작은 학교는
# 모두가 부장입니다

나는 첫해에 6학년 담임과 정보 및 영어 업무를 담당했다. 6학급 작은 학교는 한 학년에 한 반밖에 없어서 모든 담임 선생님들은 학년부장 업무를 맡는다. 더구나 작은 학교에서는 업무도 계원 없이 혼자 해야 하기에 나는 정보부장 겸 영어부장 일을 했다. 큰 학교에 비해, 작은 학교에 주어지는 일의 규모가 작은 경우도 있다. 하지만 꼭 해야 하는 업무의 양은 어떤 학교든 동일하다. 그래서 상대적으로 작은 학교 선생님들은 보다 많은 수의 공문을 처리하게 된다.

부장을 맡으면 부장 수당을 받게 되는데, 학교에 배정

되는 부장의 수는 정해져 있다. 첫해 6학급 학교의 부장 수는 단 1명이었다. 그래서 교무부장님을 제외한 모든 선생님은 부장 수당을 받지 못했고, 실제 부장도 아니었다. 우리는 이런 경우를 '물부장'이라고 불렀다.

심지어 첫해에 만난 교무부장, 연구부장님은 경력이 만 3년이 되지 않아 승진 점수를 받지 못했고, 전담이 아닌 담임을 하며 업무를 하셨다. 그런데 옆 학교에서는 나와 함께 발령받은 신규 선생님들이 교무부장과 연구부장을 하고 계셨다. 교무부장은 교장 선생님, 교감 선생님, 실장님과 가장 많은 회의를 하며, 선생님들의 의견을 조율하고, 모든 부서의 행사를 살펴보고, 고유 업무도 해야 하는 중한 직책이다. 그런데 저경력 선생님이 담임 업무도 하며 교무부장을 하는 건 쉬운 일이 아니었을 것이다.

첫해에 정보부장이 되어 일을 할 땐 '컴퓨터 관련 학과를 나왔어야 했나.'하고 생각했다. 많은 분들이 공감하실 텐데, 희한하게도 내가 담당자가 되면 뭔가를 정리해야 하거나 어떤 사업이 새로 생긴다. 첫해에 나는 학교 전체의 컴퓨터를 교체했는데, 당시 교감 선생님께서 학교를 옮기신 후 "그걸 신규가 어떻게 다 했어요? 지금 우리 학교도 바꾸고 있는데 진짜 힘드네요."라고 말씀하셨다. 컴

띵동! 작은 학교입니다

퓨터 관련 업무 외에도 각종 정보화 기기를 관리해야 했고, 개인정보, 정보보안, 정보공시, 학교 홈페이지 관리 등의 업무는 너무 생소했다. 어떤 연수에서는 정보부장은 착한 사람, 힘없는 사람, 막내 중 누군가가 맡는다는 농담을 듣기도 했다.

정보부장을 맡으신 전임자 선생님께서는 학교를 떠나시기 전 꼼꼼하게 인수인계를 해주셨다. 직접 권한을 주는 방법을 보여주시고 옆에서 내가 혼자 할 수 있게 지켜봐 주셨다. 하지만 선생님이 떠나시고 정보 업무에 관련한 것을 물어볼 곳이 없던 나는 혼자 교실에서 울어버렸다. 시골은 도시보다 유지보수업체의 방문 빈도도 낮고, 시스템이 잘 구축되어 있지 않다. 그래서 내가 직접 선생님들의 토너를 교체해 드렸고, 수업 시간에 컴퓨터가 고장났다는 전화를 받기도 했다. 컴퓨터가 잘되지 않으면 수업이나 업무에 차질이 생기는 답답한 마음을 알기에, 선생님을 도와드리기 위해 부단히 애썼다. 하지만 내 손에 닿으면 자주 기계가 고장날 만큼 기계와 친하지 않은 나에게, 정보 업무는 무척 버거웠다. 그래서 떠난 전임자 선생님께 전화를 걸어 도움을 요청하면서도 눈물을 쏟을 뻔했다. 전화를 받고 울먹이는 내 목소리에 당황스러우

셨을 텐데도 "선생님, 잠시만 기다려주세요. 확인해볼게요."라고 차분하게 말씀해주신 선배님의 따뜻한 음성은 아직도 기억이 난다.

2년 차에는 1학년과 3학년 복식학급 담임과 정보 업무를 맡았다. 복식학급을 맡게 되어 영어 업무를 떼어내 주신 것이다. 2년 차라 정보 업무에 익숙해질 줄 알았건만, 무엇을 해야 할지 아는 것이 아무것도 모를 때보다 더 무서웠다.

3년 차에는 5학년 담임과 방과후·돌봄 부장[02]을 맡았다. 방과후·돌봄 업무 외에도 특수교육, 독도교육, 다문화교육 등의 업무를 했다. 전임자이신 선생님은 특수 교사셨는데, 특수교육대상자 학생이 졸업해서 학교를 옮기게 되셨다. 선생님께서는 월별로 해야 할 일이 적힌 표를 만들어 인수인계를 해주실 만큼 꼼꼼하셨다. 선생님 덕분에 생소했던 방과후·돌봄 업무를 무사히 해낼 수 있었다. 방과후·돌봄 부장은 방과후 프로그램 운영, 방과후 강사 면접 및 급여 지급, 돌봄교실 간식 품의 등 방과후수업과 돌봄교실에 관련된 모든 일을 한다.

---

02  지금 '돌봄'이라는 단어는 모두 '늘봄'으로 대체되었다. 갑자기 늘봄교실이란 것이 학교로 들어왔기 때문이다.

땡동! 작은 학교입니다

작은 학교 대부분은 방과후학교 수강료가 무료다. 간혹 몇 개의 강좌는 수익자 부담인 것도 있으나 1~2만원대로 수강료가 저렴하다. 나의 첫 번째, 두 번째 학교에서는 통학버스가 운영되었다. 하교를 위한 버스는 4시쯤 출발했기에, 우리는 웬만하면 학생들이 방과후수업을 받도록 권유했다. 정규 수업 후 학생들이 학교에 있어야 4시까지 안전을 확인할 수 있었기 때문이다. 그런데 도시 변두리의 작은 학교 학생 대부분은, 방과후수업을 거의 듣지 않고 정규 수업 후 바로 학원에 갔다. 도시의 작은 학교로 근무지를 옮기고 신기했던 점은 학생들이 태권도 학원 차를 타고 등·하교를 하는 모습이었다. 그래서 학교에서 멀리 떨어진 곳에 사는 학생은 태권도 관장님이 늦게 오시면 지각할 수밖에 없다고 했다.

학교에서 학생들에게 음식을 제공하면 보존식을 만들어 두어야 한다. 그래서 돌봄 선생님께서는 돌봄교실에서 제공한 간식을 매일 통에 넣어 날짜를 기록하신다. 방과후·돌봄 담당이던 나는 학생 출석부, 지도일지, 보존식 관리대장 등을 매달 확인해서 수기로 결재를 받고 기안문을 올렸다. 방과후수업도 마찬가지로 매달 출석부, 지도일지 품의를 올리면 행정실에서 강사님께 월급을 지

급한다.

학교는 새 학년이 시작하기 전 2월까지 방과후수업 강사 계약을 완료해야 한다. 나는 4년 차에 학교를 옮기는 것이 결정되었기에 첫 학교와 두 번째 학교를 오가며 방과후수업 강사 면접을 봤다. 무사히 업무를 마무리하고 학교를 떠나서 개운했다. 내가 무언가를 덜하고 떠난다면 다음 담당 선생님께서 당황하실 것이기에, 할 수 있는 일은 미리 해두려 노력했다.

생소한 업무든 해봤던 업무든, 모든 학교 업무는 나에게 너무 어렵다. 하지만 친절하게 도와주시는 동료 선생님들 덕분에 어떻게든 버티고 있다.

# 뚜벅이 교사,
# 배구대회에 참가하다

발령 첫해엔 정말 많은 일을 경험했다. 내가 학창 시절에
도 나간 적 없는 배구대회에 참여할 줄 누가 알았겠는가.

학교 앞 관사에 살던 나에게 동료 선생님들은 "여기 아
무것도 없는데 일찍 퇴근하면 뭐 해요?"라는 질문을 많
이 하셨다. 그때마다 나는 수업 준비도 하고 가벼운 홈트
레이닝도 한다고 말씀드렸다. 그런데 언젠가부터 교무
부장님 차를 타고 교직원 배구 동아리에 참석하기 시작
했다. 일주일에 한 번뿐이었지만, 모든 게 낯설고 어려웠
다. 낯가림이 심해 선생님들과 인사하는 것도 어려웠고,
키가 작아 서브를 넣거나 수비를 하는 것도 버거웠다. 공

격은 아예 꿈도 꿀 수 없었다. 하지 않던 배구를 갑자기 하니 앞쪽 팔 전체엔 피멍까지 들었다. 교감 선생님께선 "어디서 맞고 다니는 줄 알고 부모님께서 걱정하시겠어요."라는 말씀도 하셨다.

운동을 하다 보면 자신의 멋에 취하게 되는 순간들이 있다. 나에겐 연습 경기 중의 하루가 바로 그러했다. 그날 나는 날아오는 공을 수비하려고 본능적으로 땅바닥으로 슬라이딩했다. 공을 받아 내고 정신을 차리고 나니 나는 여전히 엎드린 자세로 멈춰있었다. 내 안에 이런 투지가 있었다는 게 새삼 놀라웠고, 어쩐지 나 자신이 멋지게 느껴졌다.

배구 동아리에 계속 나가다 보니 교총 단체가 주최하는 배구대회에도 참석하게 되었다. 사실 교총 배구대회는 여교사가 필수로 2명 이상 참여해야 해서 실력이 좋아서가 아닌 머릿수를 채우기 위해 갔다. 그런데 교감 선생님도 무조건 한 분이 가셔야 했다. 그래서 우리 학교 교감 선생님과 함께 가게 되었다. 경기 결과는 좋지 않았지만, 대회가 끝나고 먹었던 조개구이는 참으로 맛있었다. 나는 다음날 일정이 있어서 밥만 먹고 관사로 돌아왔지만, 다른 선생님들은 하루를 더 머물며 많은 추억을 쌓으

땡동! 작은 학교입니다

셨다고 한다.

지금도 배구를 계속하고 있냐고 물으면, 그건 아니다. 배구는 무척 재미있는 운동이지만, 연습에 안 나가기 시작했더니 좀처럼 발걸음이 떨어지지 않았다. 그리고 남자 선생님이 친 공을 받아 올리다가 손목 인대가 살짝 늘어났었는데, 여전히 그 손목이 아프다. 또한, 낯을 가리는 나에게 단체 운동은 아직도 어렵다. 적고 보니 핑곗거리가 참으로 많기도 하다. 무언가를 해내는 사람은 할 수 있는 이유를 찾고, 못 하는 사람은 못 하는 이유를 찾는다는데, 내가 바로 그 꼴이다. 대회 이후로 배구 동아리에 나간 적이 없어서 첫해의 추억은 "라떼는 말이야… 그때 그랬지…"로 남게 되었다.

대중교통이 발달한 도시에 살던 나는 뚜벅이 생활이 익숙했다. 버스를 타고 창밖을 구경하거나 책을 읽는 것도 좋아했고, 여행하는 기분으로 종점까지 가는 것도 좋아했다. 그런 이유로 작은 학교에 발령받은 후에도 나는 차를 사지 않았다. 시골이라도 버스가 있을 테니 이동에는 별문제가 없을 거라고 여겼기 때문이다. 지금은 결국 차를 사고 말았지만, 기름값, 보험비, 자동차세 등을 생각하면 차를 사지 않았던 걸 후회하진 않는다. 하지만 그때 차가 있었다면 배구 연습을 하거나 배구대회에 갈 때 내가 운전해서 갔을 수도 있었을 것이다. 매번 선생님들께 신세를 진 것은 지금까지도 죄송하다.

발령 후 약 2년간은 버스를 타고 출장을 갔다. 시골에서는 버스 배차 간격이 1~2시간 정도로 긴 편이다. 게다가 도시처럼 버스 시간이 정확히 안내되지도 않는다. 그러다 보니 어느 날은 교육청에 가기 위해 12시에 학교를 나섰는데 저녁 8시가 넘어 관사에 도착하기도 했다. 다음날 이야기를 전해 들으신 교감 선생님께서는 "근처까지 와서 누구에게라도 태워달라고 하지. 왜 그랬어요?"라며 걱정해 주셨다. 말씀만으로 너무 감사했지만, 남에게 피해를 주긴 싫었다. 그런데 출장 장소가 같으면 동료분들께서 먼저 태워주신다는 말씀을 해주셨다. 귀찮았을 텐데도 기꺼이 호의를 베풀어 주신 동료분들에게 감사의 마음을 전한다.

그런데 막상 차를 사고 나니 이전으로 돌아가기가 힘들었다. 차는 움직이는 집 그 자체였다. 자차가 있으면 대중교통을 타면서 좌석이 없을까 봐 걱정하지 않아도 되고, 귀찮게 차편을 예약할 필요도 없다. 시간 구애 없이 이동할 수 있으며, 이어폰을 끼지 않은 채 음악을 크게 들을 수 있고, 괴성을 지르며 노래를 따라 불러도 이상하게 쳐다볼 사람이 없다.

많은 선배님께서는 시골 학교에 발령받으면 자동차 구매가 필수라고 말씀하신다. 하지만 부모님께 물려받는 게 아닌 이상 차를 사는 것은 신규 교사에게 부담이 된다. 그래도 나처럼 남에게 피해를 주는 게 끔찍이도 싫은 사람이라면 중고차를 사는 게 마음이 편할 수도 있을 것이다.

# 방학 내내 준비한
## 첫사랑의 졸업식

　나는 첫해 6학년 담임이었기에 졸업에 관한 업무를 했다. 행사 진행은 교무부장님께서 도맡아 해주시지만, 반 학생들과 관련된 업무는 담임인 내가 해야 했다. 졸업식 진행 PPT를 만들다 보니, 학생들이 졸업장을 받을 때 개별 축하 영상이 있으면 좋겠다는 생각을 했다. 그래서 인당 1분 30초 정도의 영상을 만들게 되었다. 나는 영상을 만드는 것을 좋아하지만 '애프터이펙트'나 '프리미어프로' 등의 고급 유료 프로그램은 사용할 줄 모른다. 지금은 영상을 만들어야 하는 일이 있으면 무료 프로그램인 '뱁믹스'를 사용하는데 이땐 PPT로 학생들의 졸업 영상을 만들었다. 예쁜 글씨체와 사진을 편하게 넣을 수 있는 PPT가 마음에 들었지만, 용량이 커지니 오류가 잦았다. 그래서 그 뒤로는 PPT로 영상을 만들진 않는다.

졸업식이 다가올 때 갑자기 코로나19가 터졌다. 처음엔 작은 학교라 인원수가 적어 내빈과 학부모님을 모시기로 했지만, 결국 우리끼리 진행하기로 결정이 났다. 사랑스러운 첫사랑의 졸업식을 위해 식전 영상, 재학생 축하 영상, 졸업생 답사 영상, 6학년 학생 8명의 개별 영상을 방학 내내 만들었기에 더욱 아쉬웠다. 하지만 나는 졸업식에 참여라도 하지 않았는가. 그때는 실시간 수업이 활성화되기 전이라 학교에서 zoom으로 졸업식을 생중계하지 않았다. 그래서 학부모님들은 졸업식을 볼 수조차 없었다.

영상을 만들 때 학부모님께 학생들의 어릴 적 사진도 받고, 개별 학생에 어울리는 음악과 PPT 색깔을 정하고, 아이 특성에 맞는 문구를 넣으며 아이들과 함께 고생한 나를 기념했다. 지금 생각해도 어떻게 내가 그걸 다 만들었나 싶다. 다행히 아이들의 예쁜 모습을 영상으로도 많이 담아뒀기에 만들기가 조금은 수월했다. 하지만 다시는 아이 한 명 한 명을 위한 개별 영상을 만들 수는 없을 것 같다. 첫해에는 신규 교사의 열정으로 첫 제자들의 졸업을 축하해 줄 힘이 나온 것 같다. 그리고 평생 간직할 수 있는 축하 영상들은 첫해를 무사히 보낸 나를 위한 선물이기도 하다.

졸업식은 교감 선생님께서 특별하게 하길 권유하셨다. 병아리 교사는 머리를 감싸고 고민하다 레드카펫, 졸업생 개별 현수막, 포토존 현수막 등을 주문 제작했다. 입장 전에는 인터뷰 존을 마련해서 졸업생이 개별로 소감을 말할 수 있는 시간을 만들었다. 졸업식이 열리는 강당에 가서 나 혼자 끙끙대며 현수막을 세팅했다. 내 업무니까. 그런데 완성된 강당 모습을 보시고 교감 선생님께선 "이걸 어떻게 혼자 다 했어요. 같이 하면 되는데…"라고 안쓰럽게 말씀하셨다. 나는 누군가에게 도움을 요청하는 게 힘들다. 도움을 받으면 어떻게든 되돌려 드려야 마음이 편하기 때문이다.

6학년 담임은 학생들의 장학금을 받는 업무도 한다. 그런데 30여 개의 단체에 계속 전화를 걸다 보니 내가 무슨 대출업체 직원이 된 것 같았다. 맡겨 놓은 돈을 찾는 게 아니라 부탁하는 처지인데, 졸업식 전에 장학금이 들어오지 않았다며 독촉해야 했기 때문이다. 성격에 맞지 않은 일을 하느라 힘들었지만, 반 아이들이 장학금을 더 받을 수 있도록 마지막까지 최선을 다했다.

　그러다 보니 졸업식 날은 너무 피곤해서 눈물이 나오지 않았다. 사실 첫 번째 학생의 개별 영상이 나왔을 때 살짝 눈물이 나긴 했지만, 얼른 눈물을 훔쳤다. 그랬더니 아이들은 계속 뒤에 있는 나를 보며 '선생님 왜 안 우세요?'라는 입 모양을 보였다. 학생들은 내가 감동해 울기를 바랐던 모양이었다. 그런 아이들이 나는 그저 귀엽게만 보였다. 강당과 교실에서 단체로 학사모를 던졌는데, 그때 찍은 사진은 볼 때마다 뭉클하다.

　졸업식을 마치고 교실로 돌아온 아이들은 각자 짐을 싸기 시작했다. 아이들은 대부분 곧장 집으로 돌아갔지만, 두 명의 아이는 나와 급식을 먹었다. 두 아이는 점심을 먹은 뒤에 나에게 꽃다발을 주었다. 나는 2월 말까진 6학년 담임이기에 무언가를 받는 것이 부담스러웠다. 하지만 아이들은 "엄마가 선생님께 안 드리면 혼난다고 했어요."라고 소리치며 꽃다발을 두고 뛰어가 버렸다. 마지막 선물까지 감사하게 받을 수 없는 현실이 조금은 원망스러웠지만, 어머님들의 꽃다발 선물은 무척 감사했다.

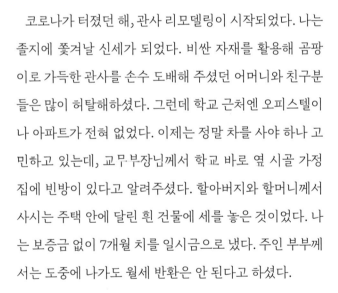

# 주택에서
# 생명의 위협을 받다

 

코로나가 터졌던 해, 관사 리모델링이 시작되었다. 나는 졸지에 쫓겨날 신세가 되었다. 비싼 자재를 활용해 곰팡이로 가득한 관사를 손수 도배해 주셨던 어머니와 친구분들은 많이 허탈해하셨다. 그런데 학교 근처엔 오피스텔이나 아파트가 전혀 없었다. 이제는 정말 차를 사야 하나 고민하고 있는데, 교무부장님께서 학교 바로 옆 시골 가정집에 빈방이 있다고 알려주셨다. 할아버지와 할머니께서 사시는 주택 안에 달린 흰 건물에 세를 놓은 것이었다. 나는 보증금 없이 7개월 치를 일시금으로 냈다. 주인 부부께서는 도중에 나가도 월세 반환은 안 된다고 하셨다.

이사 후 택배를 시키자, 택배 기사님들께 "그 집은 할아버지, 할머니께서 사시는 곳이고 흰 건물은 없는데, 혹시 주소 잘못 적으신 것 아니에요?"라며 전화가 오기 시작했다. 세 들어 살던 주택은 따로 주소가 없었다. 그래서 주인집 주소 뒤에 '안쪽 흰색 건물'이라는 말을 추가해서 택배를 시켰다. 그랬더니 동네를 잘 알고 계신 기사님들이 택배를 시킬 사람이 없는데 이상하다며 연락을 했던 것이다. 다행히 몇 개월이 지나자 기사님들은 익숙하게 배달을 해주셨고, 주인 할머니는 매일 같이 오는 택배를 신기한 눈으로 바라보셨다.

코로나로 개학이 미뤄진 이때, 차가 없었던 나는 바로 이 흰색 건물에서 많은 시간을 보냈다. 요즘 원룸에서는 찾아볼 수 없는 마룻바닥에서 요가를 하기도 하고, 학생들을 위한 수업 영상을 촬영하기도 했다. 외출하지 않고 갇혀 있었지만, 학교 근처에 지낼 곳이 있어서 그저 감사했다. 할머니께서는 "아들은 이제 세를 그만 놓으라고 하는데, 다 고쳐놓은 빈방이 아까워."라는 말을 자주 하셨다. 그런 할머니는 흰색 건물 입구에 닭이 갓 낳은 달걀을 가끔 가져다주시곤 했다.

그런데 정식 입주 전인 2월 23일, 고통이 시작되었다.

주택 세면대 물에 손을 대보았는데 찌릿찌릿 전기가 통하는 것이었다. "앗 따가워! 뭐지…?" 정말 놀랐다. 처음엔 겨울이라 손이 터서 따가운 것으로 생각했다. 그런데 주인집 할머니와 어머니께서도 물에서 전기를 느끼고 깜짝 놀라 손을 떼셨다. 그런데 기계를 많이 다루셨던 주인집 할아버지께서는 전기가 통하지 않는다고 말씀하셨다.

세면대 물은 더 이상 손을 갖다 댈 수 없을 정도로 따끔따끔했다. 하지만 다행히도 샤워기의 물은 괜찮았다. 그래서 손도 샤워기를 이용해 씻었다. 그런데 얼마 후 샤워기에도 전기가 통하기 시작했다. 하는 수 없이 나는 주방에서 물을 받아 화장실로 옮겨 사용했다. 그 생활이 지겨워질 때쯤 주인집 할머니께서 기사님을 불러주셨다. 기사님께서는 할머니께 "잘못하면 아가씨 죽을 뻔했어요."라며 화내듯 말씀하셨다. 기사님께서는 접지하면 누전차단기가 계속 내려갈 테니 누전되는 곳을 찾아서 벽을 뜯어야 한다고 하셨다. 기사님께서 다행히 누전되는 곳을 찾아내셔서 그 부분만 처리해 주셨다.

기사님 덕분에 그동안의 두려움을 씻어낼 수 있었다. 하지만 혹시라도 생겼을 사고를 생각하니 등골이 오싹해졌다. 할머니께서는 아드님께 자초지종을 미리 설명해

두셨는지 아드님과 통화해 보라고 하셨다. 전화기를 건네받으니 아드님께서는 수리비는 걱정하지 마시라고 말씀하셨다. 어렴풋이 13만 원의 수리비는 할머니께서 내실 거라는 말과, 죄송하다고 하셨던 말씀이 기억에 난다.

　일반 원룸에 살 땐 집주인과 만날 일이 거의 없다. 하지만 이곳에서는 주인 부부와 매일 같이 마주치다 보니 불편하기도 했다. 하지만 당시 나는 전기와의 오랜 사투 때문에 주인집 할아버지 할머니께 다정하게 인사드리지 못했다. 때때로 부끄러운 마음이 들었지만, 이미 몸과 마음이 너무 지쳐있었다. 주인 부부와 잘 지냈더라면 흰색 건물의 기억은 좋은 추억으로 남았을 것이다. 하지만 나에게 흰색 건물은 '전기 때문에 죽을 뻔한 곳'이라는 이미지가 강하다. 학생들은 친구와 사이가 좋으면 갈등이 생기더라도 친구를 이해하려고 노력한다. 어른도 마찬가지다. 나는 주인 부부와의 관계가 좋지 않았기에 그분들을 이해하지 못했다. 나는 대부분의 사람들이 자신만의 싸움을 하고 있다고 생각한다. 그래서 하루를 애쓰며 살아낸 모든 사람에게 친절하기 위해 노력한다. 주인 노부부께 친절하게 인사하지 못했던 것처럼 여전히 부족한 것이 많지만, 인간은 성장하는 존재이기에 조금씩 나아질 거라 믿는다.

# 장비도 없는데
# 원격 수업을 하라고요?

모두가 알던 그때다. 코로나가 전국에 퍼져 그 어떤 학생도 등교할 수 없었다. 코로나19의 전파력이 너무나 막강해서 개학이 무기한으로 미뤄졌기 때문이다. 코로나로 학교 근처 정류장에서 내가 사는 지역으로 가는 버스 시간은 하루에 3번으로 줄어들었고, 어떤 지역으로 가는 버스 편은 아예 노선이 사라졌다. 그래서 차가 없는 선생님들은 여러 번 버스를 갈아타야만 귀가하실 수 있었다.

당시 나는 1학년과 3학년이 합쳐진 복식학급을 맡고 있었는데, 코로나로 개학이 연기되어 입학식을 제대로 하지 못했다. 만약 그때로 다시 돌아갈 수 있다면 아이들에게 기억에 남는 입학식을 해주고 싶다.

2월에는 두 학년의 수업을 준비하며 하루하루를 보냈다. 6학년을 맡다가 저학년을 맡고 보니 교과서가 마냥 귀여워 보였다. 고작 2년 차이지만 그새 교육과정을 짜는 것이 익숙해져서 2개 학년의 나이스 교육과정 편성도 하루 만에 끝냈다. 그렇게 하루하루 단단해지는 나에게 감사했다.

코로나로 집에 있으면서 시간을 허투루 쓰기 싫어서 연수도 여러 개 듣고 책도 많이 읽었다. 손유희와 교실 놀이도 익히고 e학습터, 에듀넷, 디지털교과서 등의 활용법도 공부했다. 또한, 신규 때 큰 힘이 되었던 학급 운영 시스템에 관한 책도 다시 읽었다. 미술과 음악 등의 교과 연구도 하고 악기 연습도 하고 영어 공부도 하며 시간을 보냈지만, 아이들이 없는 교실로 출근하려니 의욕이 저하되었다.

나는 마음을 다잡고 교실 환경을 꾸미기 시작했다. 시계를 못 읽는 1학년 아이들을 위해 시계 분침 옆에 5, 10, 15 등의 숫자도 붙여두고 칠판과 환경 게시판엔 '환영합니다' 등의 환영 문구들을 가득 채워두었다. 또 두 개 학년의 시간표를 동시에 표시하기 위해 훌륭한 선생님들께

공유받은 시간표를 인쇄한 뒤 코팅해 열심히 자르고 자석을 붙였다. 미술 시간의 가위질은 힘든데, 코팅지를 자르는 가위질은 왜 재미있는지 모르겠다. 아이들도 마찬가지인지 코팅해 둔 무언가를 자를 때마다 나를 돕겠다고 나선다.

3월 말, 아이들은 학교에 오지 않는데 바깥은 벚꽃으로 가득 차기 시작했다. 도로변에 핀 벚꽃이 그때는 유난히도 슬퍼 보였다. 코로나로 빼앗긴 우리의 봄을 언제 되찾을 수 있을지 걱정이었다. 하지만 빼앗긴 개학은 여전히 기약이 없어 보였다.

코로나19로 인한 개학 연기는 모두 처음 겪는 일이었기에 당시 교육계 전문가들도 당황스러웠으리라 생각한다. 하지만 원격 수업을 한다는 뉴스를 들었을 때 우리는 황당함을 감출 수 없었다. 원격 수업을 해야 하는 것은 교사인데 그 소식을 뉴스로 처음 접했으니 말이다. 전쟁 같은 긴급상황이라서 교사에게 알리지 않고 언론을 통해 바로 발표를 한 것일까. 어쨌거나 뉴스를 본 후 동료 선생님들과 "우리 원격수업해요?"라는 이야기를 나누며 허허 웃고 말았다. 원격 수업이 확정되면서 전국의 교사들은 급하게 준비를 시작해야만 했다.

당시 우리 학교에는 원격 수업을 위한 마이크와 카메라가 전혀 없는 상태였다. 교사들은 급하게 원격 수업을 위한 장비를 구매했지만, 아이들 역시 정보화 장비가 없었다! 정보 담당이었던 나는 전교생의 정보화 기기 지원 필요 여부를 조사해 태블릿을 배달했다. 집마다 돌며 수업 교재와 줄넘기, 태블릿 등을 배송하다 보니 내가 마치 택배기사가 된 기분이었다.

　거리두기를 해야 했겠지만, 그때까진 우리 지역에 확진자가 발생하지 않아서 가정 방문을 하게 되었다. 마스크를 쓴 채 원격 수업에 관한 여러 사항을 알려주고, 반 학생들과 첫인사를 할 수 있었다. 입학이 미뤄지니 점점 학교에 가기 싫어했다던 학생의 어머님은 "아이가 선생님을 만나고 나니 다시 학교에 가고 싶어 합니다."라고 말씀해 주셔서 감사한 마음이 들었다.

　모든 담임교사는 매주 원격수업계획서를 작성하고 수업 교재를 학생 수만큼 만들어 제본했다. 수업은 실시간 zoom으로 하려고 노력했지만, 기기 사용이 미숙한 저학년 아이들은 제시간에 수업에 참여하는 것을 어려워했다. 특히 한글도 배우지 않은 1학년에게는 가혹한 일이었을지도 모른다. 더욱이 학부모님께서 일하러 나가시면 아이를 챙겨줄 분이 계시지 않기도 했다. 실시간 수업에 들어오기 힘든 아이들을 위해 녹화본도 올려두었지만, 학부모님께서는 학습 공백을 걱정하셨다. 아이들에게 매일 같이 인터넷에 접속해서 공부하라고 닦달하는 것도 힘들다고 하셨다. 하지만 스스로 정보화 기기 앞에 앉아 수업 시간을 준비하는 초등학생은 거의 없었다. 어쩔 수 없이 학부모님들은 아이들에게 잔소리를 하게 되셨고, 원격 수업 기간이 길어질수록 점점 지쳐가셨다고 한다.

학생들은 학교에서 교과 학습뿐 아니라 인간관계를 통한 갈등 해결법 등의 사회성을 배운다. 코로나 사태를 겪으며 많은 학생이 기초 및 기본 학력 미달 진단을 받았을 뿐만 아니라, 많은 것을 놓치고 말았다.

마침내 원격 수업이 끝나고 드디어 모두가 학교에서 만나게 되었다. 코로나19를 겪고 나니 더욱더 대면 수업과 학교의 중요성을 느끼게 되었다. 아이들은 컴퓨터 속에서 자라는 것이 아니라 친구들과 뛰놀고 얼굴을 보고 대화하며 자라야 한다.

# 청개구리와 함께

## 대면 등교 시작

대면 등교가 시작되었지만, 학교에 오자마자 규칙에 통제당할 아이들이 안쓰러웠다. 나는 책상에 미리 학생들의 이름표를 붙여 놓고 칠판엔 '마스크 벗지 않기', '2m 거리두기'등의 규칙을 적어두었다. 학생들이 등교한 후 방송실에서는 1학년의 입학식이 조촐하게 진행되었다.

급식실에 가기 전엔 급식실 이용법 PPT를 보여주며 다시 한번 코로나19 대비 주의사항을 설명했다. 1학년은 2명, 3학년은 4명으로 우리 반 학생은 6명밖에 되지 않았다. 하지만 한 테이블에 한 명씩 앉아 밥을 먹다 보니 급식지도 반경이 너무 넓었다. 그래서 나는 급식을 먹지 않고 아이들이 밥을 잘 먹는지 살펴보았다.

코로나가 유행하던 기간에는 내가 작은 학교에 근무하고 있어서 오히려 다행이라는 생각이 들었다. 큰 학교에 비해 공간을 넓게 쓸 수 있어서 거리두기가 자동으로 이루어졌기 때문이다. 학생 수가 적다 보니 교실에서 가림막을 사용할 필요도 없었다. 물론 밀집도가 높은 돌봄교실과 급식실에서는 가림막을 사용했다. 큰 학교는 가림막 설치는 물론이고, 짝수 번호와 홀수 번호를 나누어 등교하는 등 등교 인원을 제한하기도 했다고 한다. 가정과 학교 모두 아이들의 안전을 위해 온 신경을 기울이고 있었다.

대면 등교로 인한 만남의 기쁨이 일주일 정도 되었을 때 한 학생이 맹장염으로 입원하게 되었다. 속상해서 우시던 어머님 전화를 받으니 나도 마음이 좋지 않았다.

그러던 어느 날, 한 아이가 내게 주먹 쥔 손을 내밀었다. 손을 펴니 작은 청개구리가 있었다. "으악!" 살짝 놀란 소리가 반사적으로 나왔다. 아무렇지 않게 웃는 아이를 보니 황당하기도 했다. 그런데 청개구리는 자신보다 체온이 높은 사람 손에 닿으면 피부에 화상을 입지 않던가? 그때 그 청개구리는 과연 괜찮았을까.

그 후로 학교 근처에서 마트에 갔다 돌아오다가 그 아이와 마주쳤다. 한 손으로 위험하게 자전거를 타고 있길래 다른 손엔 뭐가 있냐고 물었더니 햄스터가 있다고 대답했다. 심지어 그 작은 손으로 두 마리의 햄스터를 쥐고 있었다. 내가 왜 햄스터를 손에 쥐고 가는지 묻자, 아이는 햄스터를 산책시키는 중이라고 말했다. 그런데 며칠 뒤 햄스터가 사라졌다고 했다. 햄스터를 산책시켜 주다 잃어버린 걸까? 아이가 웅얼거리면서 말해 정확한 내용은 듣지 못했다. 햄스터는 과연 어디로 간 걸까.

우리 학교 근처는 푸르른 논밭이다. 가끔 관사에서 창밖을 보면 마치 발리에 있는 것 같은 느낌이 들었다. 관사의 많은 방 중 나는 운이 좋게도 제일 높은 층의 끝방을 차지했다. 다른 방에 비해 방도 넓은데다 밖으로 난 창문도 있었다. 중간 방에 살았던 선생님들은 베란다를 빼면 밖을 볼 수 있는 창문이 없었던 반면, 나는 화장실에서는 학교가 보이고, 옆문으로는 논이 보이는 멋진 방에서 생활했다.

그런데 화장실 창문으로 청개구리가 자주 놀러 왔다. 샤워할 때 창문에 붙어있는 청개구리를 보면 나를 훔쳐보고 있는 것 같아 기분이 불쾌했다. 그나마 집 안으로 들어오진 않아서 다행이라 생각했다. 그런데 웬걸! 어느 날 퇴근 후 관사에 들어갔는데, 청개구리가 냉장고 옆에서 나를 쳐다보고 있었다. 마치 나에게 "까꿍"이라고 말하는 듯했다. 순간 시간이 멈춘 것 같았다.

나는 벌레는 잘 잡지만 폴짝폴짝 뛰는 청개구리나 날아다니는 조류는 무서워한다. 어쩔 수 없이 나는 관사의 동료 선생님께 부탁해 청개구리를 밖으로 보내달라고 부탁드렸다. 그 후로 청개구리는 우리 집이 뭐가 그렇게 좋은지 계속해서 등장했다. 어떻게 3층 집 안에 청개구리가 나올까 생각해보니 세탁기에 연결된 관을 따라 올라오는 듯했다. 가끔 청개구리가 세탁기 안에서도 발견되었기 때문이다. 하지만 언제까지 부탁만 하고 살 수는 없었다.

청개구리를 밖으로 내보내는 일은 나에게 너무 힘들었다. 글을 쓰고 있는 지금도 소름이 돋는다[03]. 세탁기 안에 들어있던 청개구리는 락앤락 통을 덮어 세탁기 위로 올린 후, 락앤락 뚜껑을 덮어 간신히 밖으로 보내주었다. 그때는 매일 같이 방에 들어오는 청개구리가 세상 그 어떤 것보다도 싫었다. 하루라도 빨리 그 지역을 벗어나고 싶

---

03  청개구리야 그렇게 느껴서 미안해…. 하지만 네가 사는 곳으로 돌아가야 너도 나도 행복하지 않겠니….

떵둥! 작은 학교입니다

을 정도였다. 시골 아이들은 논밭에서 청개구리를 자주
봐서 그런지 다양한 생물에 대한 거부감이 없었다. 나도
시골에서 자랐으면 자주 보는 청개구리가 아무렇지 않
았을 텐데, 벼와 보리도 구분 못하는 도시 깍쟁이로 자
라버렸다.

# 복식학급의

# 공개수업

복식학급은 두 학년이 같은 반으로서 한 교실에서 생활하는 학급이다. 두 학년이 함께 생활하다 보면 서로를 질투하는 경우가 종종 있다. 나는 3학년 아이들이 전담 수업을 하러 가면, 1학년 아이들과 즐거운 시간을 보내곤 했다. 1학년이 둘뿐이었기에 조카와 놀듯 에너지를 쏟아부어 힘껏 놀아주었다. 그런데 3학년이 일찍 돌아오면 우리의 모습을 목격하곤 했다. 줄넘기 대결, 보드게임, 컴퓨터실에서 그림 그리기를 하던 우리에게 3학년은 부러움이 가득 섞인 말투로 "왜 우리는 이런 거 안 해요~"라며 말했다. 그 이후로 나는 1학년이 일찍 하교하는 날엔 3

학년과도 신나는 활동을 하며 3학년만을 잔뜩 사랑해 주었다. 둘째가 태어나 잠깐 챙겨주지 못한 첫째 아이를 위해, 첫째와 둘만의 시간을 보내는 게 바로 이런 기분일까.

학년이 다르다 보니 아이들은 교실에서 자연스럽게 후배를 배려하고 선배를 존중하는 법을 배워갔다. 당연히 다툼도 잦았지만, 친구들끼리 선후배끼리 서로를 도와주고 이해하며 성장하는 아이들의 모습은 아름다웠다.

다음 해 아이들의 담임이 아닌 때에도 나는 아이들에게 몇 번 쪽지를 받았다. 아직 아이들이 어려 편지를 써올 거라곤 기대하지 않았는데, 언제 그렇게 커버렸는지 모르겠다. 그때 아이들의 담임 선생님들께서는 아이들이 원해서 쓴 거라고 말씀하셨지만, 선생님들의 수고로 아이들이 편지를 썼으리라 짐작한다. 어쨌거나 아이들이 한 자 한 자 꾹꾹 마음을 담아 쪽지를 썼을 생각을 하니 마음이 행복함으로 저려왔다.


(맞춤법 오류도 그대로 실어보았다.)
'샘! 다음 학교 가면 힘들어도 행복하세요!'
'항상 감사합니다. 이제 떠날 시간이네요….'
'안녕하세요. 선생님. 3학년 때 절을 재미있게 놀아져서 감사합니다. 선생님께서 같이 체험학습에 갈 때 재미있게 놀고 행복했습니다. 그리고 선생님깨는 우리 보고 똥강아지라고 하고 이제 우리는 똥강아지가 아니에요. 아게쪼. 똥강아지라고 하지 마세요. 사랑해요♡ 5월 14일 이름 OOO 똥강아지 올림.'

'선생님 안녕하세요. 저 OO이에요. 우리를 1년 동안 재미있게 놀아주셔어 감사합니다. 언제는 강당에서 1학년랑 뛰어놀고 영화 보고 맛있는 거 해서 너무 재미있었습니다. 많은 추억을 가지게 해주셔서 감사합니다. 장홍영 선생님 파이팅. 똥강아지 올림'

'장홍영 선생님 감사합니다. 장홍영 선생님 작년에 우리 4학년 잘 올라가개 해주셔서 감사합니다. 우리 4학년 내년 3학년 그때 많이 싸우고 많이 때리고 해서 죄송합니다ㅠㅠ 한해 잘 보내새요. 얼굴에 스마일 많이 채우새요. 매일매일 행복하세요'

'안녕하세요 저 OO이에요. 1년 동안 재미있게 놀아주시고 겜임도 해주고 정말 감사합니다. 제 편지 보시고 힘내세요. 내년에도 파이팅하세요'

복식학급 담임을 하며 "1학년과 3학년은 학년 군도 다른데 어떻게 수업해요?"라는 질문을 많이 받았다. 나의 경우, 비슷한 성취기준을 찾아 수업 내용을 만들었다. 또한, 동기유발과 정리는 같이 하되 중간 활동은 학년 별로 따로 봐주며 수업을 진행했다. 하지만 학년 군이 달라 연결 지을 수 있는 성취기준이 많지는 않았다. 공개수업 날에는 억지로 찾아낸 성취기준[04]들로 다음과 같은 학습 문제를 세워 수업을 했다. 그런데 아이들이 선생님들을 보고 긴장했는지 너무 조용했다. 적막한 분위기에 나도 긴장이 되기 시작했고, 수업하는 내내 등에 땀이 났다.

<학습 문제>

-1학년: 흉내 내는 말을 넣어 문장을 만들어보자
-3학년: 감각적 표현을 사용해 느낌을 나타내보자

<성취기준>

[2국05-03] 여러 가지 말놀이를 통해 말의 재미를 느낀다.
[4국05-01] 시각이나 청각 등 감각적 표현에 주목하여 작품을 감상한다.

---

04  이때는 2015 개정 교육과정으로 수업을 해서 2022 개정 교육과정의 성취기준과는 차이가 있다.

나는 공개수업에서 아이들이 생각을 활발하게 교류하는 모습을 기대했다. 하지만 모두가 긴장했던 탓에 여전히 그때의 수업이 아쉽게 느껴진다. 하지만 참관하신 선생님들은 복식학급을 수업하는 것만으로 대단하다며 우리에게 응원의 말씀을 많이 해주셨다. 예전에는 공개수업 후 어떻게든 비판할 것을 찾고 개선하기 위한 도움을 주었다면, 요즘은 칭찬하고 격려해 주는 분위기로 바뀐 것 같다.

많은 교장 선생님께서는 수업이 여전히 어렵다고 말씀하신다. 나도 세월이 흘러도 수업이 가장 어려울 것 같다. 수업은 교사의 성향뿐만 아니라 학생들의 성향과 상황에 따라서도 다르게 진행되기에, 세상에 완전히 똑같은 수업은 존재할 수 없기 때문이다. 그래서 어떤 분들은 '수업은 예술'이라고 표현하기도 한다.

학생이 만나는 선생님에 따라 변화하는 모습이 다르듯, 선생님도 만나는 학생들에 따라 다르게 변화한다. 학교를 딱딱한 일터로만 생각하면 아이들과의 관계도 마찬가지일 것이다. 그러나 교사에게 아낌없는 사랑을 주는 학생을 만나면 더 잘해주지 못해 미안한 마음이 들게 된다. 나의 말을 열심히 따르고 성장하기 위해 함께 애썼던 저

학년 아이들이 앞으로도 올바르게 자라길 바란다.

제2장

# 설렘이라는
# 새싹

# 하하호호,
# 반 이름의 탄생

학급 운영은 교사의 자율성이 존중되는 부분으로, 담임 교사의 스타일에 따라 달라질 수 있다. 선생님 중에는 학급 이름을 따로 만들어 사용하시는 분들이 계신다. 나도 처음부터 학급 이름을 지었다면 좋았겠지만, 첫해에는 처음이라서 두 번째 해에는 코로나가 터진 데다 복식 학급을 맡아서 학급 이름을 생각할 겨를이 없었다. 세 번째 해가 되고 나서야 반 이름을 짓고 싶다는 생각이 들었다. 학급 이름을 정하시는 선생님들을 보면 OOO 1기, 2기, 3기처럼 하나의 이름을 쭉 쓰시는 분들도 계셨고, 매년 아이들과 정하는 분들도 계셨다. 물론 그런 걸 왜 정하냐고 말하는 분들도 계신다. 나는 현재까지 아이들을 떠올리면 생각나는 느낌으로 학급 이름을 혼자 만들었다.

나는 기억력이 좋지 않아 OOO 1기라고 하면 다른 학년의 아이들이 섞여서 생각날 것 같았다. 그래서 아이들과 함께 짓든 나 혼자 짓든, 매년 이름이 달라야 해당 아이들을 떠올릴 것 같아서 계속 새로운 반 이름을 짓고 있다.

'하하호호'는 아이들이 한 해 동안 행복하게 하하호호 웃을 일만 가득하길 바라는 마음으로 지은 이름이다. 반 이름을 '하하호호 5학년'이라고 정한 뒤 한 글자씩 억지로 의미를 부여해 보았다.

'하'나쁜인 '하'루를 '호'기롭고(씩씩하고) 즐겁게 (好: 즐거울 '호')

1년간 아이들이 매일 씩씩하고 즐겁게 생활하고 성장하길 바라는 나의 마음을 담았다.

나는 아이들과 처음으로 만날 때마다 환영받는 기분을 느낄 수 있길 바란다. 개학 전에 교실 환경 구성을 마치려고 하는 것도 바로 그런 이유 때문이다. 그러다 보니 학급 이름을 미리 만들게 된다. 개학 전에 교실과 자료 곳곳에 반 이름을 붙여두기 때문이다. 학기 초에는 새로운 일들로 바빠서 교실 정리가 힘들다. 물론 4~5월이 지나서 환경 게시판을 꾸미거나 학급경영의 방향을 바꿔도 큰 문제는 없을 것이다. 하지만 나는 준비를 완전하게 해두지 않으면 불안해하고 여러 가지 상황을 상상하며 대비하는 성격이라 어쩔 수가 없다.

이름을 정한 후 '하하호호'가 담긴 문장들을 앞뒤 게시판에 붙였다. '하하호호'라는 이름을 보며 아이들이 소속감을 느끼길 바랐다. 또 아이들이 '5학년의 행복한 하루하루'라는 문구를 보며 일상의 소소함에서 '행복'을 느끼길 바랐다.

교사로서의 삶에 있어서 큰 변화인 학급 이름을 정하고 나니 이전보다 개학 날이 더 설레었다. 5학년이 끝날 무렵 아이들은 나에게 이렇게 말했다.


"하하호호 5학년은 저희밖에 없어요."
"하하호호라는 이름을 다른 친구들이랑은 절대 쓰지 말아 주세요."

# 아, 내가 친목회
# 총무라니

　내가 근무했던 작은 학교 교직원 대부분은 친목회에 소속되어 있었다. 신규 발령을 받고 친목회 차기 임원을 정하는 날, 나는 얼떨결에 친목회 총무가 되었다. 총무는 친목회 회장의 지목으로 선출되는데 내가 뽑힌 것이다.

　작은 학교의 친목회 임원은 회장, 부회장, 총무로 구성되어 있었는데, 보동 회장이 모든 일을 진행한다. 다행히 친절하신 회장님과 다정한 부회장님 덕분에 총무 일은 즐거웠다. 그래서 총무라는 자리 자체는 부담스럽지 않았지만, 돈을 다루는 업무라는 것은 부담이 되었다. 더구나 총무는 결제를 해야 하기에 친목회 행사에 반드시 참여해야 했다. 그 덕에 나는 내성적인 성격임에도 '프로 회식 참석러'가 되었다.

두 번째 학교에서는 행정실에서 친목회비를 원천징수로 걷어 주었지만, 첫 학교에서는 나의 개인 계좌로 친목회비를 걷어야 했다. 지금은 카카오뱅크 등으로 간편하게 회비를 걷지만, 그때는 종이 통장을 만들라고 하셨다. 그래서 학교 근처에 있는 농협은행에 갔다. 당시 농협은행에서는 기존에 통장이 있으면 통장 개설을 추가로 해줄 수 없다고 했다. 하지만 친목회 운영을 위한 용도로 쓴다고 했더니 통장을 만들어 주셨다. 통장을 만든 후에는 월급날마다 응원의 메시지와 함께 친목회원 전체에게 문자를 보냈다. 돈을 입금해달라는 문자를 보낼 때면 내가 사채업자라도 된 것 같았다.

첫해 친목회가 특히 기억에 남는 이유는 처음인 것도 있겠지만 여행을 자주 갔기 때문이다. 상주 나각산을 가볍게 등반하기도 하고, 당일치기로 영덕에 가서 비싼 대게를 푸짐하게 먹고 오기도 했다. 1박 2일 통영 여행에는 교장 선생님, 교감 선생님, 행정실장님을 비롯한 거의 모든 교직원이 참여했다. 통영에서는 루지도 타고, 회도 먹고, 케이블카 스카이워크에도 갔었다. 그중에서도 선생님들과 펜션 방에서 바라본 밤바다 풍경이 참 예뻤다. 펜션 옆에는 작은 팥빙수 가게가 있었는데, 늦게까지 선생님들과 담소를 나눴던 따뜻한 기억이 난다. 나는 여전히 이유 없는 회식을 싫어하고 주말에 직장 동료와 여행을 가는 것을 선호하지 않지만, 그때 친목 여행은 정말 즐거웠다. 아마도 좋은 사람들과 함께했기 때문일 것이다.

나는 올해도 총무가 되었다. 새로 옮긴 학교에서 나이도 경력도 막내였기에 예상했던 일이다. 친목회 임원을 뽑는 자리에서 총무가 된 나는 "청렴결백하게 잘해보겠습니다."라고 대답했다. 선배님들께서는 소리를 내시며 호탕하게 웃으셨다. 어머니께서는 내가 총무를 할 때마다 "남의 돈에 절대로 손대지 마. 혹시나 돈이 부족하면 엄마한테 도움을 요청하고, 공적인 돈은 투명하게 써야 해."라며 끊임없이 말씀하셨다. 그래서 저런 말이 자동으로 나온 것 같다.

올해도 친목회 행사가 무사히 끝났으면 좋겠다. 그런데 내년에도 내가 막내라면…, 또 해야 하나….

땡동! 작은 학교입니다

# 토요일
# ITQ 시험 인솔

대부분의 작은 학교에서는 방과후수업 수강료를 학생
이 내지 않는다. 작은 학교 학생들에게는 체험학습 식비
와 간식비, 우유도 무상으로 지급된다. 학생들은 어린이
날이나 크리스마스 선물을 받기도 하고, 통학버스의 혜
택을 누리기도 한다. 그런데 작은 학교가 이처럼 많은 지
원을 받게 된 건 사실 얼마 되지 않았다고 한다. 나는 아
이들이 서로 비교하지 않아도 되므로 이러한 지원을 반
기는 편이다.

반면 큰 학교에서는 체험학습을 갈 때 학생이 도시락
을 싸가야 하고, 우유도 유상으로 먹는 곳이 많다고 한

다. 작은 학교에서만 근무했던 나는 그 사실을 얼마 전에
야 알았다.

　작은 학교 방과후수업 중에 컴퓨터를 배우는 시간이 있
었다. 공부할 때 목적 없이 순수하게 배우는 것도 좋지
만 목표를 세우고 그것을 실현하는 것도 큰 기쁨이 된다.
자격증을 취득하는 방과후수업은 학부모의 호응도 좋았
다. 그래서 컴퓨터는 학부모에게 인기가 많은 강좌였다.

　나는 방과후학교 업무를 담당하고 있어서 컴퓨터 수업
을 듣는 학생들이 ITQ 시험을 치러 갈 때 인솔을 해야 했
다. 주말 통학버스 지원도 인원이 적은 작은 학교이기에
가능했던 것 같다. 그런데 우리 반 학생뿐만 아니라 컴퓨
터 수업을 듣는 다른 학년 학생들도 인솔했어야 해서 약
간 긴장이 되었다.

　시험은 근처 대학교에서 이루어졌다. 통학버스를 타고
갔는데 생각보다 일찍 도착해서 아이들과 학교 캠퍼스를
산책했다. 그러다 날씨가 너무 추워서 아이들과 들어가
있을 곳을 찾아다녔다. 그런데 대학 수업이 없는 주말인
데다 코로나가 성행하던 때라 오픈된 장소가 보이지 않
았다. 시험 장소에 빨리 들어갈 수 있으면 좋았겠지만 정
해진 시간에 입장이 가능했다.

게다가 학생 중 한 명은 만료일이 지난 여권을 가져와 시험을 볼 수 없었다. 반면 기한이 쓰여있지 않은 건강보험증을 들고 온 학생은 시험을 볼 수가 있었다. 얼마나 황당한 일인가. 컴퓨터 선생님께서도 그러한 상황이 이해되지 않는다고 하셨다. 결국 그 학생은 시험을 볼 수 없었다.

선배님들께서는 교사가 학생의 개인적인 시험을 인솔해줄 의무는 없다고 말씀해 주셨다. 하지만 나는 당시 상황이 안타까워 그 학생에게 응시할 기회를 주고 싶었다. 혹여나 사고가 발생할 수도 있기에, 내 차에 학생을 태우는 건 늘 부담스럽다. 하지만 시험에 응시하지 못했을 때 울지 않고 침착하게 있는 학생이 대견했었기에 내 차로 다시 한번 시험 장소에 다녀왔다. 이후 그 학생은 시험에 붙었고, 나의 마음도 편안해졌다.

# 복불복

## 원어민 선생님

교사가 된 첫해에 내가 맡은 업무는 정보와 영어였다. 그래서 원어민 선생님과 방학 중 영어 캠프를 운영하게 되었다. 함께 일했던 첫 번째 원어민 선생님은 인상이 밝고 환한 분이셨다. 선생님께서는 한국을 떠나기 직전 나에게, 고향의 자석과 간식을 편지와 함께 건네주셨다. 정신없이 영어 캠프 수업을 준비하느라 미처 선물을 생각하지 못했던 나는 감사하면서도 당황스러웠다. 그런데 제주도 여행을 갔다가 사 왔던 초콜릿을 관사에 둔 게 생각났다. 집에서 번역기를 돌려가며 짧은 편지를 써서 다음날 초콜릿과 함께 선생님께 드렸다. 선생님은 떠나시기 전 서울에서 마지막 휴가를 즐길 거라고 하셨다. 인스타그램 맞팔로우를 하고 가서서 종종 근황을 알 수 있는데, 해맑은 미소를 유지하며 지내고 계시는 걸 보면 나에게도 행복한 기운이 전해진다.

당시 우리 지역에서는 원어민 선생님 한 분이 5개의 학교를 요일별로 주 1회씩 방문하고 있었다. 5개의 학교 중 영어 업무를 담당하는 학교가 따로 있는데, 그 학교를 중심 학교라고 부른다. 중심 학교 담당 선생님께서는 원어민의 비자를 발급하거나 원룸을 구해주는 등의 업무까지 하셨던 걸로 알고 있다. 첫 번째 선생님이 떠나시고 두 번째 원어민 선생님이 오셨다. 나는 선생님께서 처음 학교에 오시는 날, 아침 7시에 버스를 타고 그분을 모시러 갔다가 함께 학교로 돌아왔다.

그런데 두 번째 선생님은 그곳 생활이 맞지 않으셨던지, 몇 번 오신 뒤로는 더 이상 학교에 오지 않으셨다. 시골 학교는 원어민 선생님을 배정받기가 쉽지 않다. 그래서 우리는 꽤 오랜 기간 원어민 선생님이 계시지 않은 채로 수업을 운영해야만 했다. 다음 해에도 새로운 원어민 선생님이 오기만을 일 년 내내 기다렸는데, 일선 학교에선 그런 일이 비일비재하다고 한다. 이때 출신 국가에 대한 편견이 조금 생겼다.

  그런데 세 번째로 오신 원어민 선생님은 전임 선생님과 같은 나라에서 오셨지만, 자상하신데다 한국어도 열심히 배우셨다. 덕분에 나의 편견은 빠른 속도로 깨질 수 있었다. 당시 원어민 선생님은 한국 교직원들과 라포를 쌓기 위해 연락도 자주 하고, 밖에서 함께 식사도 하셨다. 게다가 떠나실 때 한글로 쓴 작은 편지와 선물까지 주셨던 분이라 기억에 많이 남는다. 선생님께서는 다른 학교에 근무하실 때 본국으로 돌아가셨는데, 그때도 학교에 오셔서 인사를 하고 가셨다고 한다.

  첫 번째와 두 번째 학교에서는 일주일에 한 번 원어민 선생님께서 40분 내내 수업을 이끌어가셨다. 그런데 세 번째 학교에서는 20분은 한국인 교사가, 뒤의 20분은 원어민 강사가 수업을 하고 있다. 학교마다 선생님마다 교육 방식이 다르다는 점도 참 재밌다.

  원어민 선생님 대부분은 내가 영어를 잘하지 못하듯 한국어를 잘하시지 못한다. 하지만 학생들과 즐겁게 수업하기 위해서 가벼운 인사말이나 재밌는 말, 주의 집중을 시켜야 하는 말 등을 한국어로 익히신 분들이 계셨다. 그러다 보니 원어민 선생님께서 "안녕하세요."라고 인사를 하시는데도 나는 "Hello."라고 답하는 상황이 종종 벌어졌다. 하지만 요즘은 나도 "안녕하세요."로 인사를 하기 시작했다. 해외여행을 갔을 때 내가 그 나라의 언어로 인사하면, 현지인 분들께서 그 나라의 인사말로 답해주시는 게 좋았기 때문이다.

타지나 타국에서 여행할 때 특정 사건이나 사람으로 인해 기분이 좋아지거나 나빠지는 경우가 종종 있다. 그래서 나 하나로 인해 내가 소속된 곳의 이미지가 나빠지지 않도록 행동을 올바로 하며 살려고 노력 중이다. 원어민 선생님들께서 한국에 머무실 때 친절한 분들만 만나셔서, 한국을 떠나실 때 우리나라에 대한 좋은 기억만 가지고 떠나셨으면 좋겠다.

# 작은 학교

## 오길 잘했어요

우리 반에는 일 년 전 도시에서 온 학생이 있었다. 갑자기 시골 작은 학교에 다니게 되어 적응하기 힘들었을 텐데 학교에서 활기차게 생활하는 모습이 기특한 아이였다. 그러다 학부모님과 전화 상담을 하게 되었다. "선생님이 아이에게 쏟는 관심과 교육 방식이 아주 마음에 들어 딱히 부탁드릴 말씀은 없고, 그저 감사할 따름입니다. 저희 아이는 자기가 가장 잘한 일이 시골로 전학 온 거고, 선생님을 만난 거라고 합니다." 학생이 잘 적응하는 것 같아 다행이라 생각하며 학부모님께는 감사하다는 말만 전하고 전화를 끊었다.

띵동! 작은 학교입니다

전화를 끊고 나니 학부모님께서 마음에 드신다고 말씀하신 나의 교육 방식이 정확히 무엇인지 궁금했다. 아이가 글쓰기를 좋아했기에 주제 글쓰기 아침활동을 좋아하셨던 것일지, 학급 소통 어플에 아이들 사진을 올린 것을 좋아하셨던 것일지 그저 추측만 해 보았다.

　학교를 옮기고 2년이 흐른 뒤, 나는 위 학부모님을 우연히 다시 만났다. 학부모님은 내게 그때 학급 사진을 많이 올려준 것과 학급문집을 만들어 준 것에 대한 감사함을 전해주셨다.

　1년간 '하하호호 5학년'은 내게 힘이 되는 말들을 자주 해주었고, 가끔은 나를 보호자처럼 든든하게 지켜주었다. 선생님 마음도 챙겨주는 속 깊은 아이들과 함께하며 나는 일부러 이별을 자주 생각했다. 미리 마음의 준비를 해야 아이들과 헤어질 때 우는 모습을 보이지 않기 때문이다.

　또한 6학년이 되면 공부가 점점 더 어려워질 테니, 힘들어해도 아이들이 기본적인 개념을 완벽히 익히고 올라갔으면 싶었다. 그리고 '재밌게 공부하면서 지금 가진 너희의 꿈, 무럭무럭 키우자! 늘 응원할게. 너희는 모두 너희가 바라는 대로 살게 될 거야. 내가 너흴 믿으니까, 너희도 너흴 믿어!'라고 생각했다. 표현에 서툰 나라서 생각에 그칠 때가 많았지만, 요즘은 아이들에게 마음을 표현하려 노력중이다.

'작은 학교'라는 단어에서 '작다'라는 개념을 정의하기가 모호하지만, 아이들의 수가 '적다'에 초점을 맞춰보겠다. 아이들의 수가 적어서 반에 소속된 모든 아이는 존재감을 뽐내고 싶어 한다. 내성적인 아이들도 자기 생각을 표현하고 자신의 의견을 주장하려는 모습을 보면 기특하기도 하다. 그런데 학교에서 춤도 잘 추고 발표도 잘하던 학생들이 다른 학교 학생들을 만나면 그러지 못하는 경우를 종종 보았다. 작은 학교 친구들과는 오랜 기간 가족처럼 지내서 편하게 생활했다면, 처음 만난 사람들 앞에선 부끄러움을 느끼는 것 같았다.

이처럼 학생은 작은 학교에 소속되어 있을 때와 큰 학교에 소속되어 있을 때의 모습이 다르다. 또한, 집에서와 학교에서의 모습도 다르다. 그래서 학부모와 교사는 몰랐던 아이의 모습을 서로 부정할 것이 아니라 서로를 이해하며 소통할 필요가 있다.

수업 시간에도 아이들이 한마디씩 하다 보면 갑자기 내용이 삼천포로 빠질 때가 있다. 그건 큰 학교든 작은 학교든 마찬가지일 것이다. 아이들은 어떤 주제에 자기가 아는 것이 나오면 신나게 말을 하고 싶어 한다. 학교 수업이 아니라면 모든 내용을 들어줄 수도 있다. 하지만 나는 한 아이의 엄마가 아닌 다수 학생의 교사이다. 공부해야 할 내용이 있다 보니 종종 아이들의 말을 자르게 된다. 그럴 때 속상해하는 아이들이 많다. 그래서 사적인 내용의 발표가 너무 길어지면 다른 친구의 학습권이 방해되어 남에게 피해를 줄 수 있다는 것을 다시 한번 알려준다. 수업 시간이 한정되어 있고 교실 규칙이 있기에 아이들의 말을 끊게 되지만, 나도 마음이 편하지 않다.

평화주의자이자 공평하게 아이들을 대하고 싶은 나는 아이들의 이야기를 다 들어주지 못해 늘 미안하다. 그래서 하고 싶은 말이 있으면 일기에 적어오라고 하는데, 보통의 아이들은 글을 쓰는 것을 귀찮아해서 쉬는 시간에 말을 하러 나온다. 하지만 아이들 대부분은 쉬는 시간이 되거나 자신의 순서가 지난 후 발표를 다시 시키면 "할 말 까먹었어요."라고 말을 한다. 아이들에게 "중요한 이야기라면 적어두고 이따가 질문하세요."라고 말을 해도 적는 아이를 보지 못했다. 그런데 진짜 하고 싶은 말이 있는 아이들은 그것을 기억해뒀다가 쉬는 시간에 내 앞에 쪼르르 걸어온다. 가끔은 자신이 겪은 일을 말하러 내 앞에 아이들이 줄을 선 적도 있다. 그런 아이들을 보면 귀여워서 웃음이 난다. 그렇게 자신의 이야기를 들려주고 싶을까. 어떻게 생각하면 내가 좋아서 그런 것일 테니 아이들의 사랑에 감사했다.

아이들과는 수업 시간 외에 점심시간이나 쉬는 시간에도 대화를 많이 한다. 점심시간에 잠깐 교무실에 있으면 "○○랑 ○○랑 싸워요."라며 나를 찾아오기도 하고, "선생님, 심심해요. 놀아주세요."라며 친구 부르듯 나를 데리러 오는 아이도 있었다. 그럴 땐 황당하기도 하지만 나에 대한 애정이 고마워서 "양치는 했어?"라는 잔소리로 인사를 대신한다. 나는 절대 친구 같은 교사가 되길 원하지 않는다. 잘못된 행동을 할 땐 단호한 표정과 어조로 아이들에게 말을 해서 행동을 교정해주고 싶다. 하지만 역설적으로 아이들과 가깝게 지내고 싶기도 하다.

이처럼 작은 학교에서는 아이들 한 명 한 명에게 관심을 줄 수 있다. 또한, 한 학년에 학급이 하나인 경우가 많아서 담임 교사가 학년 교육과정을 자유롭게 운영할 수 있다. 대부분의 작은 학교 선생님들은 큰 학교에 비해 업무가 많아 힘들어하시지만, 아이들과 친근하게 지내며 사랑을 듬뿍 받을 수 있다는 건 분명 장점이다.

# 교육청
## 영재교육 강사 활동

　교육청에서는 일 년 단위로 영재교육 강사를 모집한다. 같은 학교 선배님들께선 이미 많이 하고 계셨다. 그래서 나에게 추천을 해주셔서 얼떨결에 지원하게 되었다. 영재 강사는 경력이 많을수록 선정될 확률이 높다. 만약 경력이 별로 없는데 선정되었다면, 나처럼 초등학생이 아닌 중학생들과 함께할 수도 있다. 내가 있던 지역에서는 경력이 적을수록 높은 학년에 선정되었기 때문이다.

　경쟁이 치열한 지역이라면 영재교육 강사로 뽑히기 어렵겠지만 우리 지역은 강사가 부족한 편이었다. 그래서

　　　　　　　　　　　　떵동! 작은 학교입니다

영재교육 강사를 신청한 후 청간 내신[05]으로 지역을 이동하게 되었을 때 어떤 교사들은 다른 지역에서 영재 수업을 진행하기도 했다고 한다.

나는 영재 강사 경력이 하나도 없었지만, 운이 좋았는지 영재교육 강사로 일하게 되었다. 먼저 영재교육 연수를 듣고 지도계획서를 제출한 후 강사로 활동했다. 과정별로 학생들은 고정되어 있지만 한 명의 교사는 4~5번 정도만 수업하기 때문에 선생님이 계속 바뀐다. 그 결과 학생들은 6명 내외의 선생님을 만나게 된다.

나는 영재교육원에서 중학생들과 소프트웨어 수업을 하게 되었다. 학생들과 어떤 도구를 사용할까 고민하다 많이 알려진 코딩 프로그램인 '스크래치'와 '엠블록'은 하기 싫다는 생각을 했다. 다른 선생님들이 하지 않으실 것 같은 새로운 프로그램을 써보고 싶었기 때문이다. 방과후수업 컴퓨터 선생님께 조언을 구했더니 '할로코드'라는 것을 추천해주셨다.

중학교 1학년 아이들과 할로코드를 공부하기 위해 책

---

05  청간 내신은 '교육청 간의 이동'을 의미한다. 경상북도교육청에 소속된 교사가 그 안에 포함된 포항교육지원청에 속한 학교에 근무하다가 성주교육지원청에 속한 학교로 옮기는 것이 그 예이다. 청간 내신은 관내 내신과 비교해서 관외 내신으로 부르기도 한다.

과 교구를 구매해 독학을 시작했다. 하지만 할로코드가 유명하지 않아서인지 관련 도서가 많지 않았다. 더구나 할로코드 기기가 연결 문제로 오류가 날 때는 애간장이 탔다. 하지만 새로운 기계로 지진 감지 대비(모션 센서), 버튼 눌러 LED 표현하기, 코로나19 바이러스 잡기(자이로센서), 인공지능(표정을 음성으로, 나이 맞히기) 등을 코딩하고 실행해본 경험은 오랫동안 나에게 긍정적인 스트레스 경험으로 남아있다.

교육청 중등 소프트웨어 수업은 중학교 1학년 학생 총 3명과 진행되었기에 작은 학교 분위기를 벗어나지 못했다. 발령 후엔 초등학생과만 수업을 했기에 오랜만의 중학생과 수업을 하는 것도 조금 걱정이 되었다. 하지만 학생들은 차분하게 수업을 잘 따라왔다.

그때 이후로는 토요일에 쉬고 싶어서 더 이상 강사에 지원하지 않았다. 하지만 주위엔 영재교육 강사를 몇 년째 꾸준히 하시는 분들도 많다. 성장할 수 있는 좋은 기회인 만큼 다른 선생님께도 적극적으로 추천하고 싶다. 게다가 당시에는 몰랐던 사실이 있다. 영재 강사를 하고 나면 나이스 가산점 항목에 경력이 기재된다. 어디에 사용되는지는 모르겠으나 가산점이 필요한 선생님들께 괜찮은 프로그램인 듯하다. 그리고 가장 중요한 수업료가 꽤 쏠쏠하다.

　내가 담임을 맡은 학생 중에서도 교육청 영재 수업을 들으러 가는 학생이 종종 있었다. 아이들이 영재 수업을 좋아하는 이유는 두 가지 때문이다. 첫 번째는 다양한 만들기 활동을 하기 때문이고, 두 번째는 맛있는 간식을 주어서이다. 어쨌거나 놀고 싶을 토요일에 부지런히 공부하는 아이들을 보면 정말로 대견하다.

# 가을날의
## 음악과 역사 수업

가을이 성큼 다가올 때면 괜스레 추위가 느껴지고 외로운 기분이 든다. 하지만 아이들과 함께 사진을 찍으면 모든 순간이 낭만적으로 느껴진다. 가을이 되면 우리 학교 은행나무는 황금빛으로 물든다. 이번 가을에도 쉬는 시간에 아이들과 은행나무 앞에서 사진을 찍었다.

내가 졸업한 춘천교육대학교는 예쁜 은행나무로 유명한 곳이었다. 사진을 찍다 보니 친구들과 함께했던 대학 시절 추억들이 하나둘씩 떠올랐다. 마침 춘천교대 후배가 우리 학교로 발령받아 은행나무를 보며 교대 이야기를 하기도 했다.

근래에는 내가 가을을 탄다는 사실을 알게 되었다. 가을만 되면 식욕이 늘고 그에 따라 기분도 자주 오르락내리락했기 때문이다. 통장 잔액은 텅텅 비어 텅장텅장 소리를 내고, 몸무게는 늘었으며 위와 뇌는 점점 피로해졌다. 가을에는 유독 전담 시간이나 외부 강사님이 오시는 날이 반가웠다. 조금이나마 숨을 돌릴 수 있어 기분이 전환되기 때문이다.

　10월 음악 시간에는 아이들과 「마고할미」이야기를 음악극으로 만드는 데 열중했다. '하하호호 5학년'은 6명이라 6개 이야기의 배경을 만들기로 했다. 각자 도화지에 자신이 맡은 배경을 창의적으로 꾸몄다. 그 후 배경 속에서 움직일 캐릭터들을 그린 후 색칠하고 잘랐다. 또한 어울리는 소리를 목소리나 악기로 넣은 뒤 해설을 깔아 영상으로 만들었다. 거창한 장비 없이 휴대전화로 모든 걸 만들었지만, 그러한 과정을 통해 아이들이 많은 것을 배우기를 바랐다. 함께 만든 결과물도 나름대로 만족스러웠다.

　「마고할미」음악극이 끝난 뒤, 11~12월 음악 시간에는 단소와 우쿨렐레를 익히며 시간을 보냈다. 처음 부는 단소를 소리 내겠다고 끙끙대는 아이들의 모습을 보니, 대학생 때 시험 당일 소리가 나지 않아 C라는 성적을 받았던 내 모습이 떠올랐다. 그날 왜 나의 단소만 소리가 안 났는지 여전히 의문이다.

음악 시간 동안 소리를 내기 위해 날숨을 많이 사용하니 산소가 부족해져 힘들어하는 학생들이 많았다. 단소를 왜 배워야 하냐고 지친 기색을 보이는 학생들에게 "소리를 못 내면 손가락을 움직이면서 입으로 율명을 말하세요."라고 말하며 다른 대안을 주었다. 또 동기부여가 필요할 것 같아 수행평가를 보기로 하니 그제야 아이들이 의욕을 갖고 연습했다. 역시 시험은 동기부여에 제격인 것 같다.

어느 날에는 단소를 귀에 대고 손가락을 움직이면 그 음이 그대로 소리가 난다는 것을 알려주었다. 그랬더니 아이들이 하나같이 귀에 단소를 갖다 대더니 "오! 오!" 하며 소리를 외쳐댔다. 그 모습이 기괴하면서도 귀여워서 사진을 많이 찍었다.

또 어떤 날은 내가 단소를 부는 입 모양을 보여주니 아이들은 자지러지듯 까르르 웃었다. 나는 평소에도 "선생님은 표정이랑 말하는 게 너무 웃겨요."라는 말을 엄청 듣는다. 이날은 아이들이 "선생님 죄송한데 예쁜데 웃기게

땡동! 작은 학교입니다

생겼어요."라며 손뼉을 치며 웃어댔다. 단소를 불다 지친 아이들을 응원하기 위해 나는 일부러 웃기게 "앰~프!" 라고 말하며 눈과 입이 동시에 웃는 하회탈 표정을 지었다. 그런데 표정을 잘 따라 하는 남학생 한 명이 나를 따라 "앰~프!"하고 외치자 반 아이들이 크게 웃었다. 아이들만 즐겁게 공부할 수 있다면 나는 얼마든지 웃긴 사람이 될 수 있다.

요즘 학생들은 국악 시간에 단소를 배울 때 보조도구를 끼운다. 그래서 리코더처럼 노력 없이 쉽게 소리를 낼 수 있다. 학생들이 스트레스 없이 악기 소리를 낼 수 있는 것은 큰 장점이다. 하지만 악기의 본연적인 연주 방법엔 어긋나기에 올바른 학습지도 방법인지는 모르겠다. 보조도구를 끼워서 단소를 불기 시작한 학생들은 보조도구를 빼고 단소를 연주하려고 하지 않기 때문이다. '하하호호 5학년'도 이 도구를 사용했더라면 연주에 대한 스트레스는 없었겠지만, 힘든 과정을 거친 후의 성취감은 맛보지 못했을 것이다.

단소 연습 후에는 우쿨렐레를 사서 아이들에게 기본 코드를 가르쳐주었다. 6명이 다 같이 모여 우쿨렐레를 연주하면 작은 음악회를 여는 기분이 들어 마음이 몽글몽글해졌다.

악기를 연주하거나 노래하는 것도 공부처럼 재능의 영역이기에 배우는 속도가 더딘 아이가 있다. 그런 아이들은 음악 시간을 힘들어한다. 하지만 그런 아이들일수록 끝까지 연습해서 해내는 모습을 보이면 그렇게 뿌듯하고 기특할 수가 없다. 그런 아이들에겐 내가 할 수 있는 칭찬을 아낌없이 퍼부어주고 싶다. "역시 넌 내 제자야! 당연히 해낼 줄 알았어! 네가 최고야! 앞으로도 포기하지 말자! 고생했어! 기특해! 자랑스러워! 힘든 데 끝까지 열심히 따라와 줘서 고마워!" 여전히 내가 가장 많이 하는 말들이다.

예체능은 아이들이 편하게 수업을 듣지만, 주요 과목이라 불리는 수업 시간이 다가오면 아이들은 아우성을 지른다. 더구나 5학년 2학기 사회 과목은 짧은 시간에 많은 양의 역사를 가르쳐야 해서 많은 교사가 힘들어한다. 나는 부끄럽게도 임용시험 조건인 한국사능력검정시험 3급을 딴 이후로 역사 공부를 깊게 해본 적이 없다. 중등 역사 선생님들만큼은 아니더라도 기본은 알아야 아이들과 공부를 할 수 있기에 5학년을 처음 맡게 되었을 때 다양한 역사 자료를 찾아보았다.

교과서에는 핵심만 간략히 적혀 있어서 교과서에 생략된 역사적 사건을 모르면 이해할 수 없는 부분이 많았다. 그래서 교과서는 보조교재로 두고 아이들과 그림을 그리며 우리만의 역사 교과서를 만들기 시작했다. 내가 칠판에 그림을 그리며 역사적인 이야기를 풀어내면 아이들은 나의 그림을 따라 그리며 이야기에 스며들었다. 나와 아이들은 그림을 보며 웃기도 하고, 억울한 이야기에 화를 내기도 하며 즐겁게 역사를 공부했다.

그런 방법으로 역사를 공부했더니 아이들이 "2학기 되니까 사회 시간이 기다려져요.", "1학기 때보다 수업 분위기가 더 좋아진 것 같아요."라는 반응을 보였다. 강화도 조약 같은 내용을 설명할 때는 나도 흥분해서 목소리가 떨렸다. 아이들과 내가 블루투스로 연결된 것처럼 함께 표정이 울긋불긋해지는 것도 재밌었다. 역사는 알면 알수록 어렵게 느껴진다. 하지만 5학년과 함께 역사를 공부하며 나도 많이 성장했다. 아이들 역시 몰아치는 역사 지식에 힘들어하면서도 계속 역사 퀴즈를 내달라며 학구열을 보였다.

역사 수업을 하다 보면 '우리나라를 빛낸 100명의 위인들' 노래를 자주 듣게 된다. 모든 분이 5학년 교과서에 나오진 않지만, 역사 수업에 나왔던 위인이 나오면 아이들은 "어? 우리가 배웠던 분 나오네요!"라며 반가워한다. 몇몇 학생들은 가사에 반 친구 이름과 비슷한 위인이 나오면 격렬한 반응을 보였다. '최영 장군'이 화면에 등장하면 '최영희'라는 학생과 '채영'이라는 학생을 쳐다보면서 말이다.

어느 날은 국어 시간에 '자다 깼더니 학교에 앉아 있는 학생 유관순이 되었을 때'를 상상하는 글쓰기를 했다. 교과서는 아이들이 그해에 배울 내용이 유기적으로 연결되어 있어서 사회에서 배우는 내용이 국어에 나오기도 한다. 그러면 아이들은 조금 더 즐겁게 공부를 할 수 있게 된다. 학생들은 창의력을 발휘해 유관순 열사가 된 내용을 썼는데, 재밌기도 하고 무섭기도 한 아이들의 글을 공유한다.


'일단 공부를 해야겠다. 옆에는 OO이가 있다. 갑자기 머릿속에 OO이를 구슬려 나 대신 3·1운동에 나가게 하는 생각이 들었다. 나는 일본인들을 피해 다니며 만세운동을 할 것이다. 친구들은 나를 보며 예전에 비밀리에 짰던 작전은 어떡하냐며 걱정했다. 어쩔 수 없었다. 미래를 아는 게 더 괴로우니까…. 그런데 OO이가 요즘 어딜 나가고 있다. 땡땡이도 치고. 충격적이다. OO이는 일본 편이었다.'

'내가 만약 독립운동에 참여하면 맨 뒤로 가서 조용히 하고 뒤로 도망간다. 잡힌다면 죽여달라고 한다. 만약 용기가 있으면 총 들고 무조건 15명은 죽일 것이다.'

'내가 유관순 열사님이라면 난 미래에 일어날 일들을 알기에 나도 유관순 열사님처럼 하지 않으면 우리나라가 어떻게 될지 고민할 것이다. 난 일본인들에게 나아가서 미래에 대해 알려줄 것이다.'

'내가 유관순이 되어버렸다. 나도 유관순 열사님처럼 "대한독립만세"를 외칠 것이다. 유관순 님이 대한독립만세를 외치신 것처럼 나도 그럴 것이다. 내가 어떤 고문을 당해도 상관없다. 우리나라가 독립되기만 하면 내가 어떻게 되든지 나는 대한독립만세를 외칠 것이다. 그래서 내가 생각하는 것은 유관순 열사님은 정말 대단하

신 것 같다. 유관순 열사님. 좋은 하늘 나라에서 행복하
시길 바라요!!'

　나는 불교의 '인연'이란 단어를 좋아한다. 사람 간의 관
계, 사물과 사람의 관계 등 만물이 서로 유기적으로 연결
되어 있다고 생각하기 때문이다. 아이들이 학교에 다니
며 기본적인 지식을 쌓는 것도 중요하겠지만, 자기뿐만
아니라 가족과 친구들의 마음을 잘 아는 학생으로 성장
했으면 좋겠다. 또한 세상과 더불어 살아갈 줄 아는 어른
으로 자라길 바란다.

# 수련 교실에서
## 집라인을 탄 교사

    내가 근무했던 첫 근무지에서는 5학년이 되면 야외수련 교실에 참가했다. 두 번째 지역에서는 6학년만 야외 수련 교실에 참여해서 5학년 담임을 맡은 나는 아쉬웠다. 작은 학교는 학생들의 수가 적어서 2개 이상의 학교가 함께 진행한다. 지금은 1박 이상으로 수련 교실을 진행하기도 하지만, 내가 5학년 담임일 땐 코로나 때문에 당일치기로 수련 교실을 체험했다. 점심은 5학년 담임인 내가 주문했어야 했는데, 수련 교실이 산속에 있어서 근처 식당을 찾을 수 없었다. 겨우 근처에 배달이 되는 곳을 찾았으나 배달비가 너무나 비쌌다. 하지만 아이들과 굶을 순

없으니 학교에 양해를 구하고 주문을 해두었다.

보통의 아이들은 교과목 중 체육을 제일 좋아한다. 그리고 운동회만큼이나 밖으로 나가는 야외체험학습을 무척이나 기다린다. 아이들은 야외수련 교실 자체를 좋아했지만, 그중에서도 집라인에 대한 기대가 가장 높았다.

수련 교실은 아침 활동, 점심시간, 오후 활동으로 이루어졌는데, 아침엔 커다란 강당에서 도미노를 세웠다. 두 팀으로 나눠 아이들이 도미노를 세웠는데, 무너져도 서로를 다독이며 도미노를 다시 세우는 모습이 기특했다. 그 모습을 보며 아이들이 역경을 겪을 때 도미노를 다시 세우는 것처럼 씩씩하게 일어났으면 좋겠다는 생각이 들었다. 양 팀의 도미노 대결 후 장소를 옮겨 탈 꾸미기 활동을 했는데, 미술 활동이라 대부분은 재밌어했다. 점심은 학교별로 모여서 먹고 다시 오후 활동이 시작되었다.

첫 수련 교실에서 시켜 먹었던 보쌈 도시락은 고기도 신선했고 다른 반찬도 푸짐하게 나와서 만족스러웠다. 당시 8,000원의 식비를 만족시키는 메뉴가 이것 하나였는데, 매번 체험학습에서 돈가스만 먹던 나는 참 행복했다. 보통 작은 학교에서 단체 도시락을 주문할 때 가장 많이 시키는 메뉴는 돈가스다. 맵지 않고 대부분 아이가 잘

먹어서 가장 적은 민원을 받는 선택지이기 때문이다. 모두의 입맛을 만족시킬 수가 없기에 안타깝게도 앞으로도 체험학습 날의 점심은 돈가스일 것이다.

오후 활동은 암벽등반과 집라인이어서 아이들이 가장 기대하는 시간이었다. 밑에서 보니 암벽이 엄청 높아 보였는데도 아이들은 씩씩하게 성큼성큼 끝까지 올라갔다. 나는 나이가 들수록 겁이 많아졌는데, 아이들은 그러지 않았으면 좋겠다.

아이들이 모두 집라인을 타고 내려온 후 나도 집라인을 탔다. 아이들의 안전 장비를 메주고 풀어주고를 여러 번 반복한 후 나에게도 기회가 온 것이다. 점잖은 척했지만, 무척이나 타보고 싶었기에 신이 났었다. 아이들이 보고 있으니 더욱 L자 자세에 신경 써서 멋지게 내려왔다. 반 학생이 "선생님 멋있어요!"라며 영상을 찍어준 덕분에 나에게도 새로운 추억이 생겼다.

학교의 주인은 학생이고 모든 교육 활동은 학생의 성장을 위해 계획되어 있다. 그래서 교사가 주인공이 될 일은 거의 없다. 하지만 교사에게도 학교는 의미 있는 곳이다. 항상 아이들의 안전에 유의하며 신경을 곤두세우고 있는 선생님들에게도 참여 기회가 주어져서 감사했다. 이 글을 읽으시는 분들도 하고 싶은 활동에 기회가 생기면 무조건 해 보시라고 조언하고 싶다. 다음 해 수련 교실을 갔을 때는 교사는 탈 기회가 없었기 때문이다. 그러니 기회가 왔을 때 잡아야 한다.

재밌던 것은 이때 만났던 다른 학교 5학년들을 다음 해에 만났다는 점이다. 나는 관내 이동[06]으로 근무지를 옮겼는데 작년에 봤던 아이들이 6학년이 된 것이다. 새로운 학교에서 잠깐 봤던 아이들을 다시 만나게 되니 무척 반가웠다. 우리 반 학생들은 아니었지만, 예의 바르고 친구를 배려하던 6학년 아이들이 참 예뻤었는데 그렇게 다시 만나니 신기했다. 종종 선생님들과 "몇 다리 건너면 다아는 사이예요. 교직 정말 좁아요."라는 말을 자주 한다. 그럴 때마다 죄짓고 살면 안 되겠다는 생각을 한다. 그래서 아이들에게 이야기한다. "공부는 못해도 되나 인성이나쁘면 안 됩니다. 친구를 배려하지 못하거나 예의가 없고 상식에 어긋나는 행동을 하는 사람은 세상을 살아가기 힘듭니다."

---

06  같은 지역 안에서 학교를 이동하는 것을 의미한다. 문경시의 A초에서 B초로 옮기는 것이 그 예이다.

# 소인수 학급이라
## 신청했던 사업들

 

 

 

 

 

 

 

 

 

 

 

 

교육청에서 학급에 지원금을 주는 '우리 모두 다 함께'라는 사업이 생겼다. 교장 선생님께서 업무용 메신저로 이 사업을 알려주셔서 신청했는데 운 좋게도 선정이 되었다. '하하호호 5학년'때는 학급당 100만 원을 지원받았는데, '비타민씨 5학년'때는 신청자가 늘어났는지 45만 원 정도의 지원금을 받았다. 어쨌거나 100만 원이란 큰돈을 누구의 눈치도 보지 않고 오롯이 5학년 6명에게 쓸 수 있었다. 나는 100만 원으로 강사님 3분을 섭외하고 3D 펜을 구매했다. 학생 수가 20명이 넘으면 1인당 쓸 수 있는 예산이 상대적으로 줄어들 것이기에 학생 수가 적은 것이 오히려 감사했다.

첫 번째 활동은 '가죽 지갑 만들기'였다. 활동이 끝나자 아이들은 "선생님, 5학년 하길 잘했어요!"; "야, 그게 아니고 우리 쌤 만나서 좋은 거지!"라며 최고의 극찬과 함께 "내년에도 만나요!"; "성인 되면 선생님이랑 놀 거예요!"라며 귀여운 애정의 말을 퍼부어주기도 했다. 사비가 아닌 예산을 받아서 하는 활동이지만, 신청은 내가 한 것이기에 아이들의 칭찬을 온몸으로 누렸다.

아이들과 마찬가지로 교사도 칭찬을 좋아한다. 물론 목적이 보이는 가식적인 칭찬은 기분이 나쁠 수도 있다. 하지만 칭찬은 말로만 하는 게 아니다. 나는 아이들이 진심으로 행복해하는 모습을 보는 것만으로 칭찬받는 기분이 든다. '하하호호' 반의 어떤 아이가 "선생님 되는 거 힘드니까 1억은 버는 거 아니에요?"라고 물었는데 아이의 질문이 재밌으면서도 한편으론 슬펐다. 그 정도로 많은 돈을 벌면 아이들과 좀 더 많은 것을 자유롭게 했을 것이다. 하지만 아이들이 사랑을 줄 때면 직업 만족도가 올라간다.

두 번째 활동은 '티아라 케이크 만들기'였다. 아이들은 케이크 만드는 일을 무척이나 좋아했다. 우선 생크림을 직접 꾸덕꾸덕하게 만들고, 빵 시트 사이 사이와 윗면과 옆면에 생크림을 발랐다. 그리고 본인이 원하는 식용 색소를 골라 생크림에 넣은 뒤 케이크에 한 번 더 발라주었다. 여기까지만 해도 아이마다 케이크 색깔이 달라서 참 예뻤다. 다음엔 각자의 취향대로 진주 초콜릿 등의 재료로 장식하고, 중앙에 티아라를 올려 케이크를 완성했다.

그리고 몇 달 후 전교생이 케이크 만드는 시간을 갖게 되었다. '하하호호' 아이들은 "선생님과 한 번 해봐서 엄청 쉬워요!"라고 외치며 신나게 케이크를 만들었다. 그 모습을 보니 이런 게 아이들 키우는 재미라는 생각이 들었다.

세 번째 활동은 '포슬린 아트'였다. 포슬린 아트란, 유약이 발린 완성된 도자기에 특수 물감으로 페인팅을 한 후 800도 가마에 구워 완성하는 예술 활동이다. 수업을 하기 전 아이들이 컵에 그리고 싶은 도안을 미리 고르게 해서 인쇄까지 해두었다. 수업 시간이 되자, 아이들은 도안 밑에 먹지를 대고 컵 위에서 선을 따라 그리기 시작했다. 미술 활동 시간에는 아이들의 성격이 보여서 더욱 재미있다. 사실 컵 위에 따라 그리는 선은 도자기를 굽고 나면 지워져 버린다. 하지만 완벽주의 성향의 친구들은 삐

뚫게 그리는 것을 절대로 참지 못했다.

도안을 완성한 뒤 아로마 오일과 물감을 섞어 색을 입혔다. 종이에 그림을 그리는 것과 달리 포슬린 아트는 물감도 언제든 지울 수 있어서 편했다. 색을 입힐 땐 너무 세게 칠하기보다 쓱쓱 스쳐 가듯 힘 조절이 필요했다. 포슬린 아트에 집중하는 아이들을 보고 있으니, 가끔은 힘을 빼고 살아도 좋겠다는 생각이 들었다.

2주 뒤 학교로 완성품이 배달되었다. "선생님, 너무 재밌어요. 또 해요!", "늦게 받으니까 선물 받는 거 같아요.", "선생님, 제 거 수정해 주셨어요? 왜 이렇게 예쁘게 나왔어요?" 등의 말을 서로 주고받으며 모두가 행복한 웃음을 지었다. 아이들이 컵을 유용하게 사용하는 것을 보니 더욱더 어깨가 펴졌다.

마지막은 3D 펜을 이용한 수업이었다. 3D 펜은 재료만 있으면 언제든지 만들 수 있어서 아이들과 실과나 창의적 체험활동 시간을 이용해 자주 만들기 활동을 했다. 처음엔 도안과 똑같이 작품을 만들던 아이들은 얼마 되지 않아 원하는 물건을 자유자재로 만들게 되었다.

아이들이 못 할 것이라 지레짐작하면 안 된다. 내가 만난 아이들은 하나같이 나보다 잘하는 게 많았다. 그래서 교사도 학생의 도움을 많이 받는다. 아이들에게 도움을 받다 보면 기특하기도 하고 나에게 없는 능력이 부럽기도 했다. '하하호호 5학년' 짱이다[07]!

'하하호호 5학년' 때는 '우리 모두 다 함께' 사업만 신청했지만, '비타민씨 5학년'과 함께할 땐 '사제동행 동아리'라는 사업이 새로 생겼다. 운이 좋게 둘 다 선정이 되어 학생들과 요리 동아리를 운영할 수 있었다. 혼자 재료를 준비하는 것이 힘들어 2년 차 때 학부모셨던 강사님을 모시고 6번의 요리 활동을 진행했다. 과일 찹쌀떡을 만들 땐 교감 선생님도 함께해주셨다. 딸파패청[08]을 만든 날엔 양을 많이 준비해서 전교생을 초대하는 행사도 진행했다.

감사하게도 딸파패청 나눔터 당일 아침, 초대장을 받은 학생들과 선생님들께서 우리 반을 찾아주셨다. 그래서 비타민씨 아이들이 나누는 즐거움을 느낄 수 있었다. 나눔을 할 때 즐거운 분위기를 위해 선글라스를 낀 학생도 있었다.

작은 학교에 있으면 전교생이 한마을에 있는 느낌이 든

---

07  '최고'라고 쓰고 싶었으나 솔직한 나의 마음은 이 워딩이 더 정확하다.

08  딸기, 파인애플, 패션푸르츠청의 줄임말이며 물 또는 우유와 1:1의 비율로 섞어 먹으면 맛있는 음료가 된다.

다. 그래서 무언가를 반에서 하게 되면 전교생과도 나눔을 하고 싶다. 기왕이면 많은 학생이 경험해봤으면 하는 마음 때문이다. 다른 학년이 질투할 수도 있기에 반에서 조용히 활동을 해야하는 경우도 있지만, 학년 구분 없이 모두가 친하게 지낼 수 있는 것이 작은 학교의 장점이다.

나눔을 하는 과정에서 아이들은 힘듦을 토로하기도 했다. 음료를 받으러 온 학생들이 질서를 지키지 않아서, 오래 서 있으니 다리가 아파서 지쳤다는 것이다. 하지만 아이들은 뿌듯하고 재미있었다며 소감을 말했다. 그런 학생들을 보니 나도 보람찬 기분이 들었다.

사제동행 요리 동아리에서는 떡카롱, 떡도그, 떡치킨, 떡돼지바, 바람떡도 만들며 아이들과 함께 즐거운 추억을 쌓았다. 예산이 더 있었다면 더 오래 요리 수업을 할 수 있었을 텐데 그렇게라도 함께할 수 있어서 감사했다. 학생들을 위해 아낌없이 주시는 강사님의 마음이 통했는지 아이들은 매번 강사님께서 가져오신 많은 짐을 주차장까지 함께 옮겼다. 큰 학교에서는 이런 걸 못 할지도 모른다는 걱정이 들어 괜스레 이 시간이 더 소중하게 느껴졌다.

이런 사업이 선정되면 자유롭게 예산을 운영할 수 있어

서 좋은 점이 많다. 하지만 어떻게 예산을 운용했는지 보고해야 해서 귀찮기도 하다. 하지만 특별히 어려운 점은 없으니 학생들과 하고 싶은 활동이 있다면 다양한 공문 속 적합한 사업을 찾아 신청해보길 추천한다.

# 내 인생 첫 학급문집
# 출판 기념회

 첫해에는 6학년을 맡았기에 학생들에게 졸업앨범이라는 것이 남았다. 그런데 1·3학년을 맡았을 때 우리를 추억할 수 있는 것이 없다는 사실이 아쉽게 느껴졌다. 그래서 다음 해부터 학급문집을 만들기 시작했다. 학급문집이라고 해서 엄청난 글이 담겨있는 것이 아니다. 우리가 만든 학급문집엔 학생들 사진이 글보다 많아 학급 앨범이라고 불러야 할지도 모른다. 하지만 아이들이 쓴 글도 들어있기에 학급문집이라고 말하고 싶다.

 '하하호호' 학급문집에는 아이들의 활동 및 작품 사진과 나의 편지, 아이들의 일기, 이름 삼행시, 자기소개 10

문 10답, 앙케트 조사, 우리 반 반창회 상상하기 등의 내용이 담겨있다. A4 한글 파일로 편집해서 pdf로 변환 후 한 사이트에 주문서를 넣었는데, 지금까지도 그 사이트를 이용하고 있다. 내가 구매하려는 사이트에 학교 아이디가 없다면 우선 학교 아이디를 만드는 게 좋다. 행정실에서는 무통장 입금보다 카드 결제를 선호하셨기 때문이다. 그때는 그러한 사실을 몰라서 개인 아이디와 비밀번호를 행정실에 알려드렸다.

첫 학급문집이 완성된 후, 우리 반은 학급문집 출판 기념회를 열었다. 그런데 우리의 출판 기념회를 기특하게 여기신 선생님들이 보도자료를 만들어 자랑해 보라며 조언하셨다. 그때까지만 해도 나는 보도자료가 학교 전체 단위의 내용만 쓰는 줄 알았다. 하지만 꼭 그런 것만은 아니라는 사실을 알게 된 나는 학급문집에 관한 보도자료를 만들어 올렸다. 우리의 추억은 곧 다양한 신문사에 실리게 되었다. 교장 선생님께서는 다른 학교 선생님들께 "신문 잘 봤어요~"라는 연락을 많이 받으셨다고 했다. 그런데 재밌었던 건 신문 기사에 내가 아닌 다른 반 선생님 얼굴이 대문짝만하게 나왔다는 것이다. 내가 다른 반 선생님들과 아이들 사진을 찍어주었는데 기자는 그 선생님이 나인 줄 알았던 모양이다.

학급문집 출판 기념회 초대장은 전교생과 전 교직원을 대상으로 만들었다. 우선 내가 아이들 활동사진을 인쇄한 뒤 코팅해 나눠주면 아이들은 사진 뒷면에 날짜, 장소, 초대 문구 등의 내용을 손글씨로 적었다. 그리고 선생님과 전교생에게 아이들이 초대장을 나누어주었다. 당일 아침엔 복도에 안내판을 설치하고 'WELCOME5' 모양의 풍선을 불어 칠판을 꾸몄다. 나중에 이곳은 포토존으로 쓰였다. 나는 초대장을 우리 사진으로 만들었다는 점을 이용해 다음과 같은 아이디어를 냈다.

'초대장 사진에 있는 학생에게 초대장을 내면 마이쮸를 드립니다.'

학급문집 출판 기념회 당일 행사 시간이 다가오자 아이들은 급식을 빨리 먹고 교실로 모였다. 일찍 와서 줄을 서 있는 언니와 동생들을 보며 아이들은 상기된 얼굴로 "선생님! 벌써 줄 서 있어요!"라고 외치며 발을 동동 구르고 있었다. 예정된 시간이 되어 출판 기념회가 시작되었다. 출판 기념회 행사에 참여하려면 우리 반 학생들이 내는

딩동! 작은 학교입니다

퀴즈를 맞혀야 했다. 다행히 학생들은 학년에 맞춰 퀴즈 난이도를 조절하며 재치 있게 진행하고 있었다.

교실에 입장한 후 가져온 초대장 사진은 교실 창문에 미리 붙여둔 커다란 종이에 붙이게 했다. 그 후 교실에서 진행하는 두 가지 게임 중 하나를 한 뒤 빈자리를 찾아가도록 안내했다. '하하호호 5학년'이 6명이라 2명은 입장을 맡았고, 2명은 게임1, 2명은 게임2를 진행했다. 게임은 유치원생이나 1학년들도 쉽게 할 수 있도록 '주사위 홀짝'과 '디비디비딥'으로 했는데, 성공하면 마이쮸를 주었다. 우리는 초대한 분들에게 어떻게든 간식을 대접할 수 있도록 최대한 노력했다.

나도 나름대로 바빴다. 미러볼이 돌아가고 있는 교실 포토존에서 전교생과 선생님들의 사진도 찍어주고, 학급문집 방명록을 써달라며 홍보도 하고, 미션지에 모두 O를 쳤다면 미션함에 넣어 달라는 안내도 했다. 또한 추첨을 통해 당첨된 분들께는 컵라면 같은 작은 선물을 전달했다.

'제1회 하하호호 학급문집 출판 기념회'를 시작하기 전까지 아이들은 사람들이 안 오면 어떡할까 무척이나 걱정했다. 하지만 행사가 끝나자 "선생님들이랑 전교생 진

짜 다 왔어요! 결석한 애 빼고 다 와서 너무 좋았어요."라
고 말하며 신나게 몸을 흔들었다. 책상도 옮기고 풍선도
불고 사전 연습까지 하느라 피곤했을 텐데도 너무너무
재밌었다고 소리치는 아이들을 보니 무척이나 뿌듯했다.
하지만 전교생을 초대하는 일은 결코 쉬운 일이 아니다.
내가 큰 학교에 근무했다면 시도도 못했을 것이다. 더구
나 코로나로 인해 많은 아이를 모으는 게 위험할 수도 있
었는데 다행히 모두가 질서 있게 행동해서 안전하게 행
사를 마칠 수 있었다.

다음은 학급문집 출판 기념회에 참석하신 분들이 써주
신 방명록 내용 중 일부이다.

'오늘 이렇게 게임도 해 보고 너네 하하호호 5학년 학
급문집을 보니까 너네가 어떻게 생활하고 재밌게 노는지
알 수 있는 뜻깊은 시간이었던 거 같아. 앞으로의 5학년
생활 파이팅!'
'사랑하는 하하호호 5학년 친구들! 학급문집 출판 진
심으로 축하합니다. 초대해주어서 고맙고, 여러분들 행
복해하는 모습 보니 선생님도 무척 흐뭇하답니다. 좋은

떵둥! 작은 학교입니다

추억 오래 간직할게요.'

'뭔가 많이 준비했네. 마이쭈 3개 잘 받아 간다^^ 아이디어 아기자기하고 귀엽고 후배들이 하니 더 귀엽네^^ 맛나게 먹을게'

'이 게임 엄청 재미있었어. 고마워. 우리도 나중에 되면 이거 만들어 줄게. 꼭 와! 안녕'

'언니 오빠들, 이거 만들어줘서 고마워. 우리 학교에서 단체로 모여서 재미있었어. 땡큐'

다음은 하하호호 학생들의 학급문집 출판 기념회 후기 중 일부이다.

'좋았던 점 : 사람들이 많이 온 것, 아쉬웠던 점 : 마이쮸를 다 뺏긴 것.'

'좋았던 것 : 사람들이 많이 온 것, 아쉬웠던 것 : 사람들이 많이 온 것, 하고 싶었던 것 : 게임존을 3개로 하는 것.'

'기대보다 사람도 더 많이 왔고 생각보다 더 재미있었다. 제일 좋았던 점은 공부 안 했던 거 그게 제일 좋았고 다음으로 퀴즈 냈던 거. 선생님들의 답이 너무 재밌었다. 아쉬웠던 점은 정신이 없어서 퀴즈를 너무 같은 것만 준

거. 한 문제씩 다 내려고 했는데 정신이 없어서 퀴즈를 잘 내주지 못했다. 아쉬웠지만 너무 재밌었다. 다음에도 이런 걸 또 해보고 싶다. 그때도 퀴즈 내는 사람 하면 잘할 수 있을 것 같다. 근데 다음엔 다른 사람이 하는 것에 참여해보고 싶다.'

'좋았던 점이 아쉬웠던 점보다 100배 정도 더 많았지만, 우리가 완벽하진 않으니 보완할 점이나 아쉬웠던 점도 있었다. 그래서 아쉬웠던 점을 말해야겠다. 우선 반이 너무 작았다. 30명 정도가 모이니 반이 꽉 끼는 것 같았다. 또 우리를 위한 파티였지만 축하하려고 온 사람들에게 작은 초콜릿 같은 간식을 더 준비해서 줬어야 했다. 그리고 그것들이 남으면 우리도 먹을 수 있었을 것이다. 제일 좋았던 점은 우리가 직접 이런 것(파티)을 했다는 것과 공부를 안 한 것이다.'

땡동! 작은 학교입니다

# 나에게도 힐링이었던

# 아침 건강 걷기

나는 아이들보다 일찍 출근하는 편이지만, 가끔 나보다 일찍 오는 아이들도 있다. 내가 관사에 사는 것을 알고 있던 아이들은 학교 정문에서 나를 기다리곤 했다. 관사에서 운동장 입구로 들어서면 정문에 서 있는 누군가가 보인다. 저 멀리 학교 정문에서 나보다 키가 큰 아이가 두 팔을 휙휙 흔들며 웃는 모습을 볼 때면, 정말이지 사랑하지 않을 수가 없다. 실내화를 신으면 흙을 밟을 수 없기에 멀리서만 바라보다가 내가 정문에 이르면 쪼르르 달려오는 모습은 영락없는 초등학생의 모습이다. 그렇게 나를 반겨주고 환영해주는 아이들이 있는 학교로 출근한다는 건 참 행복한 일이다. 5학년이 끝나가는 겨울에도 제희가 마중을 나왔었는데, 동료 선생님들께서 제희를 걱정하시며 "또 마중 나와 있네. 추운데 들어가."라고 말씀하시기도 했다. 어떤 분은 "얼마나 선생님이 좋으면 마중을 나오니?"라며 우리를 예쁘게 봐주셨다.

그때는 스포츠클럽의 하나로 전교생이 아침마다 운동장 걷기를 했다. 날이 추워지고 나서는 많이 못 나갔지만, 다른 분들이 보기엔 교사와 학생이 함께 걷는 게 꽤 흐뭇하셨나 보다. 늘 우리를 칭찬해주시던 보건 선생님께서 보건실에서 운동장을 바라보며 미소 짓고 계셨을 모습이 눈에 선하다. 5학년이 끝나갈 때쯤 아이들은 나보다 키와 덩치가 커졌다. 여학생들은 아침 건강 걷기 시간뿐만 아니라 점심시간이나 수업을 마친 후에도 나를 들겠다며 양팔 사이에 한 명씩 들어오곤 했다.

나는 예민한 문제가 생길까 봐 아이들과 가벼운 신체 접촉도 멀리했다. 하지만 여학생들이 스스럼없이 다가오다 보니 학기 말엔 내버려 두게 되어버렸다. 게다가 학교 이동 신청도 해놓은 상태라 아이들을 보는 것이 마지막이란 생각도 들었다. 덕분에 아침 걷기를 할 때마다 재미있는 광경이 일어났다. 3명의 여학생이 2개 밖에 없는 내

팔을 하나씩 차지하려고 아웅다웅하다 보니 팔이 떨어질 것만 같았다. 나에게 다가오지 못하는 남학생들은 바로 옆에서 지켜보며 쫄쫄 따라왔다. 우리는 가끔 뛰기도 하고 뒤로 걷기도 하며 즐겁게 이야기를 나누었다. 나는 보통 학생들의 재잘거림을 들어주는 편이었다. 그러다 내가 달리면 갑자기 추격전이 시작되어 다른 학년은 걷는데 5학년만 뛰는 재밌는 상황도 벌어지곤 했다.

아침에 학생들과 나갔다 오면 수업 분위기가 어수선할 때도 있다. 20명이 넘는 학급 아이들과 아침에 스포츠클럽을 하면 더욱 그렇지 않을까 싶다. 하지만 작은 학교였기에 수업 전에 아이들과 함께 걷는 일은 우리의 관계를 더욱 돈독하게 해주었다. 몸을 움직이는 활동을 함께 하면 빨리 친해진다는 말이 있다. 그래서인지 아침 걷기 활동 시간은 아이들을 이해하는 데 많은 도움을 주었다. 아이들에게 전날 있었던 일이나 고민 등을 들을 수 있기 때문이었다. 또한 아침을 아이들과 걷기로 시작함으로써 경직된 몸을 풀고 뇌를 깨울 수 있어서 하루를 상쾌하게 시작할 수 있었다.

생명 존중 주간에는 연에 생명을 존중하는 문구를 쓰고 그 다짐과 바람이 이루어지도록 하늘 높이 연을 날리는 활동을 했다. 처음 연을 날리던 날은 바람이 불지 않아서 아무리 달려도 연이 하늘을 시원하게 날지 못했다. 그러다 바람이 잘 부는 날 한 번 더 연을 날리러 갔다. 그날은 하늘에서 연이 보이지 않을 정도로 높게 올라갔다. 뛸 필요도 없었다. 그런 연을 붙잡고 있는 아이들을 보고 있자니 그저 아름답다는 생각이 들었다. 나는 그런 아이들을 보며 우리 아이들이 꿈을 훨훨 펼치길, 근심이나 걱정이 있으면 저렇게 멀리 날려버리길 진심으로 바랐다.

아래는 선생님 덕분에 성격이 변했다며 평생 못 잊을 거라고 말해준 제희의 주제 글쓰기를 수정 없이 소개한다.

'내 마음대로 연을 조정, 변신시킬 수 있다면'

5000년 11월 23일 오늘 난 내가 그렇게 기다리고 기다리던 슈퍼울트라 연을 날리러 갈 것이다. 이건 아주 잘 날려진다. 굿! 이 홍영연을 날려볼려고 난 밖으로 나갈 것이다. 난 밖으로 나가서 바로 날렸다. 근데 이 연은 좀 특이한 연이다. 이 홍영연은 실이 없어 속마음으로 컨트롤하면 된다. 요리로 갔다~ 저리로 갔다~ 남의 집가지 부술 수 있는 홍영연! 아주 듬직한 녀석이다. 연이긴 하지만 무기로도 쓸 수 있다. 게다가 이 녀석은 변신도 할 수 있

떵똥! 작은 학교입니다

다. (화남, 좋음, 슬픔, -_-) 이렇게 홍영 연은 감정을 표현한다. 아주 좋은 녀석이다. 끝.

# 선생님도 떠나시는데
# 왜 안 챙겨줘요

겨울방학이 끝나고 2월 개학을 하니 내가 다른 학교로 간다는 소문이 퍼졌다. 그래서 아이들은 5일간의 등교 동안 내 곁에 오래 머물렀다. 점심을 다 먹고 급식실 밖에서 나를 기다리는 아이들을 보고 동료 선생님들께서는 "선생님 인기 좋네!"; "아이들이 선생님 떠나보내기 싫은가 보다." 등의 말씀을 해주셨다.

5일 후 졸업식 날 '하하호호' 아이들은 졸업 축하를 받는 6학년 선생님을 보며, "선생님도 가시잖아요. 그런데 왜 6학년 선생님만 꽃다발 받아요?"하고 물었다. 사실 졸업식 날 6학년과 6학년 담임 선생님을 축하하는 건 당

띵동! 작은 학교입니다

연하다. 하지만 아이들에겐 같이 떠나는 나를 챙기지 않는 학교가 섭섭했던 모양이다. 한 아이는 직접 만든 비누와 '설리번 상'이라는 쪽지를 선물로 주었다.

　나뿐만 아니라 교장 선생님께서도 다른 학교로 발령을 받으셨다. 하지만 코로나 때문에 송별회를 따로 하지 못했다. 2년간 큰 도움을 주셨던 교장 선생님께서 허무하게 떠나시는 모습을 보니 왠지 마음이 좋지 않았다. 나는 아이들과 감사함을 표현하러 꽃다발을 들고 교장실로 찾아갔다. 교장 선생님께서는 나중에 다음과 같은 메시지를 전달해주셨다.

'장 선생님, 아침에 주신 편지와 꽃다발 보며 마음이 찡했어요. 짧은 시간에 5학년 아이들의 변화와 성장을 눈으로 확인할 때면 참으로 놀라웠고, 고마웠어요. 그리고 아직도 이런 선생님이 계신다는 게 가슴이 뭉클했어요. 어디를 가시든지 잘하시리라 믿어요. 덕분에 아이들, 학부모, 교직원 모두가 따뜻해짐을 느끼며 행복했답니다. 새 학교 가시더라도 건강 잘 챙기며 행복하시길 바라요.'

　교실에 돌아와서는 아이들과 한 명씩 사진도 찍고 우리

만의 종업식을 했다. 사실 30분 정도의 거리에 있는 관내 학교로 옮기는 거라 지역 행사에서 아이들을 볼 수 있으리라 생각했다. 그래서인지 많이 슬프지는 않았다. 소중한 인연은 언젠가 또 만날 것이라 믿었기 때문이다.

종업식 이후 학교 교무실에서 근무하고 있는데 영희의 문자가 도착했다.

"선생님 지금 학교에 계세요?"

영희는 얼마 후 교무실에 찾아와서 꼬깃꼬깃 접은 편지를 나에게 주고 갔다. 편지에는 희한한 꿈 내용과 함께 '떠나실 줄 알았으면 선생님 말씀 더 잘 들을 걸 그랬어요.'라고 쓰여 있었다. 영희에겐 내가 도움을 받은 일이 많았기에 그 내용을 보며 마음이 찡해졌다.

어른들에게 예의 바르고 학교생활에도 충실한 아이들은 반성 능력도 뛰어난 것 같다. 나는 편지를 읽고 영희를 포함한 '하하호호 5학년'이 앞으로도 멋진 선생님들과 함께 지금처럼 행복하게 학교 생활을 하길 기도했다.

제3장

# 우리라는
# 나무

# 이동하자마자
# 부장이라니

'박수칠 때 떠나라'라는 말처럼 '하하호호' 아이들과 행복한 1년을 보내고 첫 학교를 떠났다. 두 번째 학교는 첫 번째 학교와 차로 30분 정도의 거리에 있는 학교였다. 그 덕에 신혼집에서 출근 시간이 30분 정도 단축되었다. 첫 발령을 받았을 때 선생님들이 전교생의 이름을 다 외우고 있는 모습이 엄청 신기했던 기억이 있다. 그런데 발령 후 3년을 떠올려보니 나 역시 전교생의 이름을 외우고 있었다. 작은 학교는 전교생이 얼마 되지 않아 조금만 지내면 아이들의 이름이 외워지는 것 같다.

첫 학교에서 순수한 아이들과 행복하게 지낸 덕에 새

로운 학교로 옮기는 게 조금 두려웠다. 앞으로는 이렇게 착한 아이들을 다시는 볼 수 없으리라 생각했기 때문이다. 하지만 그건 잘못된 생각이었다. 두 번째 학교 아이들 역시 첫 번째 학교 아이들 못지않게 예뻤다. 학교를 옮긴 후 첫 느낌은 '어떻게 첫 학교 아이들만큼 순수한 아이들이 있지?'였다. 학교를 옮기니 신규 교사로 돌아간 기분도 들었다.

새 학교가 결정됐을 때 나는 여행 중이었다. 그런데 교감 선생님께서 먼저 나에게 연락을 주셨다. 전화를 받은 내게 교감 선생님은 연구부장 자리를 제의하셨다. 당시엔 새 학교에 적응하기도 바쁜 저경력 교사에게 너무 가혹한 게 아닌가 싶었다. 연구는 생전 처음 맡는 업무인데다가 그때까지 나는 아직 1정 연수09를 받지 않은 상태였기 때문이다. 하지만 사정을 들어보니 내가 선생님 중 경력이 많은 축에 속해 부장을 맡을 수밖에 없는 상황이었다. 그래서 얼떨결에 물부장10이 아닌 진짜 부장을 맡게되었다. 하지만 1학기까지는 2급 정교사였기에 1학기에는 부장 경력이 인정되지 않았다.

---

09   1정 연수는 1급 정교사 자격 연수의 줄임말이다. 2급 정교사 자격증 취득 후 만 3년이 지나면 받을 수 있다. 또한 1급 정교사 자격이 있어야 부장 자격이 인정된다.

10   1장에서 설명했듯이 부장 T.O.(자리)가 없지만, 부장 업무를 하는 것을 의미한다.

새 학년 준비주간 첫날, 잔뜩 긴장한 채 새 학교에 갔다. 임명장을 받자마자 담임 선생님들과 교육과정을 구성하라는 업무를 맡았다. 그런데 학교에는 준비된 교육과정이 아무것도 없었다. 양면으로 인쇄된 1년 치 학사 일정 종이만 달랑 한 장 받았을 뿐, 도대체 내가 뭘 어떻게 해야 하는지 전혀 감이 오지 않았다. 학년별 시수라도 정해져 있었다면 뭐라도 했을텐데, 새로운 학교에서 어떤 행사를 하고 어떻게 일을 진행하고 있었는지 몰라 너무도 당혹스러웠다. 다른 담임 선생님들도 일부러 시간을 내서 출근하셨는데 나의 안내만 기다리는 것 같아 더욱 난처했다.

나는 선생님들께 교육과정 구성하는 법을 배워오겠다고 말한 뒤, 첫 학교 연구부장님께 S.O.S.를 쳤다. 속성으로 교육과정 짜는 법을 배우고 나서 여러 사이트를 찾아보며 거의 48시간을 뜬 눈으로 보냈다. 나는 3년간 나이스(NEIS)만을 이용해 교육과정을 구성했는데, 그곳 선생님들은 이지에듀를 사용하고 계셨다. 그래서 이지에듀(유료 교육과정 작성 프로그램) 사용법까지 익히느라 마음이 조급했다. 터질듯한 머리를 눌러가며 새 학교 교육과정을 완성하고 이지에듀 사용법을 공부한 후 다시 학교로 출근했다. 사실 학교 교육과정은 연구부장 혼자가 아니라 전 교원이 함께 논의하며 결정하는 것이 좋을 것이다. 그 후엔 학년 및 교사 교육과정을 자율적으로 구성하게 된다. 하지만 아무것도 몰랐던 나는 그나마 내가 경력이 있는 교사이니 빨리 공부해서 알려줘야겠다고만 생각했다. 게다가 이 학교는 교무부장과 연구부장의 지시를 담임 선생님들이 그저 따르는 문화가 있었다고 한다. 결국 나는 모든 걸 나 혼자 구성한 다음에 선생님들에게 안내하는 방식으로 새 학기 준비주간을 보내고 말았다.

나는 가는 학교마다 능력과 인품이 출중하신 선생님들과 함께 근무했을 정도로 인복이 많다. 부족한 연구부장 탓에 힘든 점도 많았을 텐데, 싫은 내색 한번 없이 그저 나를 응원해준 선생님들께 다시 한번 감사의 말씀을 전하고 싶다.

# 이를 만에 받은
# 이벤트

지금 생각해봐도 내가 언제 또 이런 반을 만날 수 있을까 싶다. 그 이유 중 하나는 반 구성원이 전부 여학생이었기 때문이다. 초등학교에서 한 가지 성별로 이루어진 반은 만나기가 쉽지 않다. 통통 튀는 여학생들을 생각하니 비타민씨처럼 상큼할 것 같단 느낌이 들었다. 그래서 새로 만난 5학년 반의 이름은 '비타민씨'로 지었다. 그리고 교실도 비타500 음료 디자인을 참고해 꾸몄다. 어느새 비타민씨에 적응된 아이들은 학교 밖에서도 '비타민씨'라는 말만 들으면 흠칫 놀랐다고 한다. "비타민씨를 먹는 사람들을 보면 어쩐지 저를 먹는 것 같다는 생각이

들었어요."라고 말할 정도로 학생들은 비타민씨에 녹아
들었다. 비타민씨도 하하호호처럼 억지로 의미를 붙여
보았다.

'비'형(혈액형 B) 선생님과 '타'인을 존중하는 '민'
주적인 어린이들의 '씨'앗이 자라는 곳'

아이들은 말도 안 되는 의미를 열심히 외워주었다.
3월 2일 개학 날의 아침 시간은 '비타민씨'에게 즐거우
면서도 정신이 없었을 것 같다. 아이들은 학교에 오자마
자 자리 뽑기, 선생님이 쓴 편지 찾기, 사진 찍기 등의 일
을 끝냈다. 그리고 선생님께 보내는 비밀편지도 작성하
고, 교과서도 받고, 4학년 교실에 두고 갔던 짐도 찾아와
야만 했다. 개학 첫날인데 원어민 선생님 수업도 있어서
2시간 이상이 빠르게 지나갔다.
첫 학교에서는 전교생을 다 알았기 때문에 아이들에 대
한 새로움이 전혀 없었다. 하지만 새 학교에서는 아는 학
생이 한 명도 없었다. 그래서 아이들을 기다리고 있을 때
무척 긴장이 되었다. 나는 어른들보다 아이들을 대하는
게 훨씬 어렵다. 학교 아이들뿐 아니라 조카들에게도 행

여 말실수로 상처를 줄까 봐 겁이 나곤 한다. 아이들은 말을 안 하면 속마음을 모르기 때문이다.

그날은 아이들 역시 긴장한 모양이었다. 가장 먼저 문을 열고 들어왔던 예랑이는 학교에서 처음 보는 선생님을 보고 놀란 눈치였다. 눈이 동그래져서 "안...녕..하...세...요....!"라며 인사하던 모습이 아직까지도 눈에 선하다. 부끄러움이 많아 보였던 예랑이는 사실 파워 E였다. 나와 가까워지고 나서는 내 눈앞에 얼굴을 내밀고, 사진을 찍어 달라며 엽기적인 표정을 짓기도 하고, 애정 표현도 많이 해주었다. 제일 먼저 학교에 와서 개학 날 해야 할 일을 조용히 하던 예랑이는 다른 친구들이 오면 "이것도 하고 저것도 하고 요것도 하면 돼!"라며 미션을 친절히 알려주었다. 예랑이에겐 아침 활동이 꽤 만족스러웠나 보다.

우리 지역은 한 다리를 건너면 아는 사이일 만큼 엄청 좁았다. 내가 어떤 학교에서 왔는지 알고 계신 학부모님들이 계셔서 더욱 이 지역이 좁다는 것을 알 수 있었다. 개학 날 혜빈이는 "선생님! OO초에서 오셨죠?"라고 말했다. 다시 한번 착하게 살아야겠다는 다짐을 했다.

아이들과 친해지기 위해서 태블릿이나 휴대전화로 '선생님 얼굴 그리기' 활동을 해보았다. 스마트펜이 없어서 손으로 그림을 그리던 아이들은 "예쁘게 그려드리고 싶은데 손으로 그리니까 마음대로 잘 안 돼요."라고 말하며 자꾸 그림을 지웠다. 아이들이 빤히 쳐다보며 교사를 그리는 일 자체가 얼마나 큰 행복인지 아이들은 잘 모르는 것 같다.

나는 인사를 매우 중요하게 생각한다. 그래서 하루의 시작과 끝에 다 함께 인사하는 것을 우리만의 의식으로 만들고 싶었다. 지금도 정말로 급한 일이 아니라면 반드시 시작 인사와 마침 인사를 한다. 이 때라도 모든 아이와 눈을 마주치며 내가 존중한다는 마음을 보여주고 싶기 때문이다. 또한 '오늘도 잘 보내자, 오늘도 잘 보냈다.'라는 것을 표현하며 하루의 시작과 끝을 아이들과 함께하고 싶다.

1~3년 차에는 의례적으로 '안녕하세요, 감사합니다, 사랑합니다'라고 인사했다. 그런데 언제부턴가 우리가 매일 사용하는 말이니, 우리가 만들면 좋을 것 같다는 생각이 들었다. 그래서 '비타민씨'에게 아침 인사와 마침 인사 문구를 정하라는 임무를 주었다. 다수결 투표를 통해 아침 인사는 "안녕하세요. 잘 부탁드립니다!"라고 정했고, 마침 인사는 "오늘도 즐거웠습니다!"로 결정했다.

마침 인사는 지금 생각해도 기분이 좋아진다. 하루를 어떻게 보냈든 간에 즐거웠다고 말하는 순간 정말로 아이들과 하루를 즐겁게 보낸 것 같은 느낌이 들어서이다. 일 년간 그 인사말을 쭉 사용하다 보니, 헤어진 다음 해까지도 인사말을 혼동했다.

이때까지는 코로나 탓에 마스크를 쓰는 게 필수였다. 점심을 먹기 전까진 마스크를 쓰고 있어야 했는데, 급식실에서 6명의 여학생이 내가 마스크를 벗길 기대하는 듯 밥도 먹지 않고 나만 쳐다보고 있었다. 마스크를 내린 후 표정 관리를 하며 밥을 먹었지만, 너무 뻘쭘해서 체할 뻔했다.

마침 인사 후에 집에 가며 "1년이 기대돼요! 너무 재밌었어요! 매일 학교 오고 싶을 거 같아요!"라고 말해준 아이들 덕에 힘이 났다. 사실 아이들 때문에 힘들 때도 있다. 하지만 그렇게 느낄 때마다 아이들은 내 마음을 들여다본 듯 신기하게도 바르게 생활하는 모습을 보여준다. 그런 아이들을 보면 예쁜 걸 넘어서 죄책감이 든다. '어떻게 저렇게 잘 자랐을까. 내가 도와줄 게 없네. 학부모님의 교육 방식을 배우고 싶다.'라는 생각도 든다.

아이들이 하교한 후 하루를 돌아보았다. 밝게 인사하며

들어왔던 '비타민씨'는 정말 말 그대로 너무 예뻤다. 그래서 '이 학교 너무 잘 왔다! 일이 힘들어도 아이들 덕에 즐겁겠다!'라고 생각했다. 시수가 많은 5학년 담임을 하며 생전 처음 연구부장까지 했지만, 이때는 내게 가장 수월했던 해였다.

5학년 담임교사와 동시에 나의 연구부장 업무도 시작되었다. 개학 날엔 교육과정과 부서별 계획 파일을 제출하지 않으신 분들에게 독촉 쪽지를 보냈고, 연극 강사님과 일정을 조정하고, 학업성적관리위원회를 열기 위해 공문을 살펴보았다. 그런데 학생들의 번호가 생일 순이 아닌 '가나다'순으로 되어 있어서 당황했다. 첫 번째 학교에서는 첫해에는 '가나다순'으로 번호를 사용했지만, 어느 순간 생일 순으로 번호가 바뀌어 있어서 교육부에서 지침이 내려온 줄 알았기 때문이다. 두 번째 학교에 오니 다시 가나다순으로 학생 번호가 부여되어 있어서 이유가 궁금했지만, 개학 날엔 너무 정신이 없어서 '학교별로 다른 건가?'라고만 생각했다.

'하하호호' 5학년들과 행복한 1년을 보낸 후 나는 5학년에 대한 호감이 생겼다. 그런데 새로 옮긴 학교에서 운이 좋게 또 5학년을 맡게 되었다. 업무와 학교는 낯설었지만, 교육과정이라도 작년과 같았기에 안심이 되었다. 여학생들만 있어서 남학생과 여학생이 갈등하는 일도 없었고, 체험학습을 가면 화장실도 따라갈 수 있어서 예년보다 편했다. 하지만 어떤 해든 3~4월은 교사와 학생이 서로 적응하느라 애를 먹을 수밖에 없다. '비타민씨' 아이들은 고맙게도 나에 대해 많은 것을 알고 싶어 했고, 자신에 대해 자랑하고 싶어 했다. 나중에는 집에서 있었던 일까지 쫑알쫑알 이야기하려 했다.

그런 아이들이 귀여웠지만, 쉬는 시간은 10분밖에 되지 않기에 이야기를 들어줄 시간이 늘 부족했다. 초반에는 학생들끼리의 갈등도 많아 상담도 자주 했었다. 그렇게 한 명 한 명에게 귀를 기울이다 보니 나중엔 에너지가 바닥나버려 의자에 멍하니 앉아 있곤 했다. 그때마다 나는 큰 학교 선생님들이 어떻게 학생들의 갈등을 중재하고 상담하는지 무척 궁금했다.

'비타민씨' 아이들의 첫 느낌은 5학년이란 게 믿기지 않을 만큼 맑았다. 혹시라도 순수한 아이들에게 내가 때를 묻히진 않을까 염려될 지경이었다. 아이들은 개학 이벤트를 열어준 나를 너무 좋아해 주었고, 다음날 나에게 깜짝 이벤트를 해주었다.

만난 지 이틀째 점심시간에 아이들이 커다란 칠판을 써도 되냐고 물었다. 수업 준비를 위해 안 된다고 말하자, 작은 화이트보드를 가져갔다. 아이들은 내가 보지 못하도록 화이트보드를 숨긴 채 뭔가를 열심히 적고 꾸미고 있었다. 그러다가 갑자기 나에게 달려와서는 "하나, 둘, 셋"을 외치면서 "선생님 사랑해요!!"라고 외쳤다. 그 모습이 너무 귀여워서 웃음을 참기 힘들었다. 어떻게 5학년이 1학년처럼 순수할 수가 있을까. 몇 번을 생각해도 너무 사랑스럽다.

1학기가 끝나거나 2학기가 끝난 것도 아닌 만난 지 이틀 만에 이벤트라니! 아마도 이런 경험을 하신 선생님들은 별로 없으리라 생각한다. 5명의 아이가 골고루 글씨를 채운 화이트보드는 오랜 기간 교실 태극기 옆에 전시해 두었다. 화이트보드의 내용 중 마음이 아팠던 문구는 '선생님 우릴 골라주셔서 감사합니다.'였다. 아이들에게 어떤 상처가 있었는지 모르겠지만 그 상처를 치유해주고 싶었다. 그리고 사랑스러운 아이들과 1년을 즐겁게 보낼 생각을 하니 한없이 행복했다.

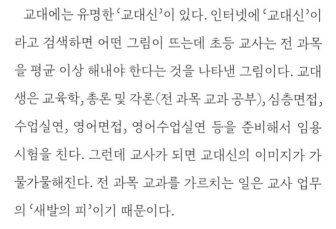

# 나도
# 신이고 싶다

교대에는 유명한 '교대신'이 있다. 인터넷에 '교대신'이라고 검색하면 어떤 그림이 뜨는데 초등 교사는 전 과목을 평균 이상 해내야 한다는 것을 나타낸 그림이다. 교대생은 교육학, 총론 및 각론(전 과목 교과 공부), 심층면접, 수업실연, 영어면접, 영어수업실연 등을 준비해서 임용시험을 친다. 그런데 교사가 되면 교대신의 이미지가 가물가물해진다. 전 과목 교과를 가르치는 일은 교사 업무의 '새발의 피'이기 때문이다.

대학생일 때는 교사가 되었을 때 정확히 무슨 일을 하는지 알지 못했다. 지금도 교대생인 후배들에게 내가 하는 일들을 설명하기가 어렵다. 직접 맞닥뜨려야 이해할 수 있는 부분이 많기 때문이다.

　새 학년이 시작되기 직전인 2월은, 학교에 많은 긴장감이 감돈다. 교직원의 학교 이동으로 구성원이 바뀌고 3월에 새로 맡게 될 학년과 업무가 정해지기 때문이다. 하지만 담임의 업무는 너무 많아서인지 업무분장표에 적혀 있지 않다.

> 교재연구, 교육과정 재구성, 학기초 학급 세우기, 학급 운영, 생활지도, 아침 및 쉬는 시간 아동 관리, 급식 지도, 전학생 관리, 보결수업(다른 반 수업), 출결(지각생 관리, 교외체험학습, 결석계 등), 하교 지도, 안전 지도, 학생 간 갈등 중재, 학생 및 학부모 상담, 가정통신문 또는 동의서 배부 및 수합, 각종 대회 참가 협조, 장학금 및 대외상 순위 명부 작성 협조, 성적 처리(교과평가, 학기말 종합의견, 창의적 체험활동상황, 행동특성 및 종합의견 입력, 생활기록부 교차점검 등), 영재학생 GED 담임교사 추천, 생존수영/수학여행/체험학습 등 인솔 및 관리, 운동회/학예회 등 준비, 시기별 각종 계기교육, 맞춤형 학업 성취도 운영 등

당연히 담임교사가 해야 할 일이지만 담임을 하지 않으면 이 업무를 하지 않아도 된다. 또한 초등 담임은 한 반에서만 수업하기에 1차시 수업을 1년에 딱 1번밖에 하지 못한다. 그래서 매시간 새로운 수업을 준비해야 한다. 그래서 요즘은 전담 교사 선호도도 높아 보인다. 그런데도 '우리 반' 아이들이 있다는 점은 교사에게 소속감을 준다. 그래서 담임 업무가 부담돼도 나는 아직까진 담임을 하는 것이 좋다.

나도 모든 일을 척척 해내는 '담임신'이나 '교사신'이 되고 싶다. 하지만 퇴직할 때까지 내가 신의 경지에 다다를 순 없을 것이다. 하지만 어쩌겠는가. 월급을 받고 일을 하면 내 몫은 해야 한다. 그래서 나는 유일하게 가진 '성실함'이라는 무기로 되도록 일찍 출근하려 노력한다. 아침 시간에도 아이들의 갈등이 종종 일어나기에 이른 출근은 나의 필수 요소다. 교사가 있으면 아이들의 갈등 빈도가 확연히 줄기 때문이다. 또한 아이들을 기다리며 수업할 내용을 다시 살펴봐야 마음이 편하다. 성격이 급한 편이라 정식 수업 시작 전, 차분하게 마음의 안정을 찾을 시간이 필요하기 때문이다.

나는 나이가 들었을 때 후배들에게 부끄러운 선배가 되

고 싶지 않았다. 그래서 많은 업무를 해보고 싶었다. 내가 몇 년 먼저 근무한 사람인데 업무를 물어봤을 때 아무것도 모르면 창피할 것 같기 때문이다. 그동안 나는 정보, 영어, 방과후, 돌봄, 특수, 독도, 다문화, 과학, 연구부장 등의 업무를 했다. 그런데 연차가 쌓일수록 새로운 일에 대해 두려움이 생긴다.

아무것도 모를 땐 '어떻게든 되겠지. 하다 보면 되겠지.'라고 생각했다. 하지만 이젠 어렴풋이 알기에 약간은 겁이 난다. 선배님들께서 이 글을 보시면 왜 그런 생각을 하냐고 하실 것 같다. 솔직하게 말하면 시작이 두렵다. 일을 하려고 업무를 파헤쳐 보면 거대한 덩어리가 한순간에 툭 떨어질 것 같기 때문이다. 그런데 모든 선생님께서 그 마음을 이겨내고 업무를 하시는 것을 알기에, 나도 매일 이겨내려 노력한다.

초등학생 땐 부처님이 하느님처럼 한 분의 신인 줄 알았다. 하지만 윤리 공부를 하며 부처는 산스크리트어로 '깨달은 자', '눈을 뜬 자'라는 뜻으로, 깨달음을 얻은 모든 사람을 지칭한다는 것을 알게 되었다.

절에는 부처님이 계신다면 학교 현장엔 교사 업무에 통달한 '교사신'이 있을 것 같다. 교사신은 나처럼 일 처리

땡동! 작은 학교입니다

가 느린 후배들을 도와주고, 학생들도 수월하게 관리하며, 자신만의 아이디어를 펼쳐 수업하고, 학부모 상담도 일품으로 해결할 것이다. 나는 그런 교사신 선배들에게 끊임없이 배워 후배들에게 내리사랑을 실천하고 싶다.

# 학생들 몰래
# 결혼하다

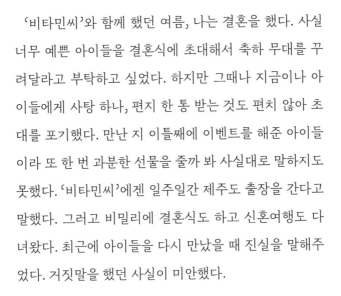

'비타민씨'와 함께 했던 여름, 나는 결혼을 했다. 사실 너무 예쁜 아이들을 결혼식에 초대해서 축하 무대를 꾸려달라고 부탁하고 싶었다. 하지만 그때나 지금이나 아이들에게 사탕 하나, 편지 한 통 받는 것도 편치 않아 초대를 포기했다. 만난 지 이틀째에 이벤트를 해준 아이들이라 또 한 번 과분한 선물을 줄까 봐 사실대로 말하지도 못했다. '비타민씨'에겐 일주일간 제주도 출장을 간다고 말했다. 그러고 비밀리에 결혼식도 하고 신혼여행도 다녀왔다. 최근에 아이들을 다시 만났을 때 진실을 말해주었다. 거짓말을 했던 사실이 미안했다.

땅동! 작은 학교입니다

신혼여행을 다녀온 후 학교로 돌아왔을 때, 아이들이 편지를 주며 이벤트를 해주었다. 편지의 주된 내용은 일주일 동안 내가 많이 보고 싶었다는 것이었다. 당시 학교의 직원이셨던 학부모님께서는 뒤늦게 소식을 듣고 결혼 축하 문자를 보내주셨다. 부끄러움이 많은 나는 감정 표현을 잘하지 못한다. 하지만 한쪽 무릎을 꿇고 나에게 손을 뻗으며 꽃다발을 주는 것 같은 자세를 취하는 아이들을 보며 환하게 리액션을 하려고 노력했다. 내가 뭐라고 이런 대접을 받을까 싶다. 다시 한번 나를 좋아해 준 아이들에게 고맙다는 말을 전한다.

나는 '비타민씨' 아이들뿐만 아니라 '하하호호' 아이들에게도 결혼 축하를 받았다. '하하호호' 아이들의 새로운 담임 선생님 덕분이다. 학교를 떠난 후에도 아이들의 담임 선생님은 종종 연락을 해주셨다. 그 덕분에 다른 학교에 근무하면서도 가끔 첫 학교에도 있는 듯한 느낌을 받았다. 귀여운 후배 선생님께서는 "선생님, 잘 지내시죠? 아이들이 하도 선생님께 보여드려야 한다고 재촉해서 보냅니다."라는 메시지와 함께 아이들의 사진을 보내주시곤 했다.

다른 학교로 옮긴 지 얼마 되지 않았을 때는 아이들과

도 자주 연락했다. 1학기까지는 전년도 담임 선생님과의 추억이 남아있어서 연락이 닿았던 것 같다.

'선생님, 애들이 해초 머리랑 민홍영, 콩순이 같은 쌤 이 야기 많이 해요. 너무 보고 싶어요.'
'선생님, 잘 지내세요? 그때 주신 5년 후 다이어리 벌써 이만큼 썼어요!'
'선생님, 이거 시화 그린 거예요. 뭐가 누구 건지 다 알 아보실 거예요. (중략) 그래도 쌤도 보고 싶어요!'

그런 연락을 받고 나면 '내가 나쁜 선생은 아니었구나.' 하는 안도감이 든다. 그리고 큰 대회에서 1등을 했다며 자랑하는 아이의 소식엔 얼마나 기특했는지 모른다.

그런데 '하하호호'의 새로운 담임 선생님께서 결혼 전 특별한 선물을 전달해 주셨다. 바로 아이들이 보낸 축하 편지와 영상이었다. 영희는 남편 이름을 잘못 썼는데 그 것마저 너무 사랑스러웠다. 나는 보답으로 신혼여행에 다녀온 후 선생님 편으로 간식을 챙겨 보냈다. 나는 아이 들과 30분 거리의 다른 학교에 있었다. 후배 선생님께서 중간 다리가 되어 아이들의 소식을 계속 전해주신 덕에 나는 아이들의 졸업식도 챙겨줄 수 있었다.

그해 겨울 '하하호호' 아이들이 졸업했다. 내가 학창 시절 졸업식에서 받은 선물 중 유일하게 쓰고 있는 것이 도장이라, 나는 '하하호호'에게도 도장을 만들어 주고 싶었다. 그런데 왠지 학교에서 만들어 줄 것 같은 느낌이 들었다. 그래서 5학년 때 한 명씩 함께 찍은 사진을 인쇄해 편지지에 붙이고 축하 문구를 썼다. 그리고 편지만 주면 서운할 것 같아 작은 딸기 케이크도 하나씩 사서 담임 선생님 편으로 보냈다.

'하하호호' 아이들이 무사히 졸업할 수 있었던 건 우리를 계속 연결해 준 마음 예쁜 6학년 담임 선생님 덕분일 것이다. 그렇게 귀여운 후배 선생님은 아이들 졸업사진과 함께 아래의 문자를 보내왔다.

'쌤♥ 인사가 늦었다! 새해 복 많이 받아요! 쌤 덕분에 한 해 동안 따뜻한 관사 라이프였어요. 애들을 넘겨서 맡게 되고 은근 부담도 되고 선생님보다 못 해줄까 봐 애들한테도 미안했었는데 쌤도 그렇고 다들 넘 많이 도와주셔서 졸업 잘 시키고 왔습니다~!! 케이크 진짜 너무 맛있고 편지도 넘 감동이었어요!!! 쌤, 올해도 행복 또 행복해

요! 애들 많이 컸죠! 가끔 그리워해 주세요~ 제가 추억팔
이할 수도 있어요ㅎㅎ'

# 가르쳐야
## 보이는 것들

    교사는 백과사전이 아니다. 그리고 나는 똑똑하지 않다. 반면 어린이들은 무언가에 빠지면 그에 관한 지식을 놀랄 만큼 빠르고 자세히 습득한다. 그래서 나도 반 아이들에게서 몰랐던 지식을 배우기도 한다.

    미용실에 가기 전엔 다른 사람들의 머리카락만 보이고, 옷을 사기 전엔 다른 사람들의 패션만 보인다고 한다. 나 역시 아이들과 특정 차시[11]를 공부하고 나면 신기하게도 그와 관련된 내용만 눈에 들어온다. 특히 과학 시간 후에 그런 일이 자주 발생한다. "선생님, 컵에 물방울이 맺혔

---

11　단원별로 가르쳐야 하는 교과 내용 전체를 시간별로 쪼갠 것.

는데 응결인가 봐요!"; "선생님, 제가 얼음을 책상에 뒀는데 다 녹고 사라진 걸 보니 증발이 됐나 봐요!"처럼 아이들이 수업 시간에 공부한 내용을 스스로 말할 땐 엄청난 보람을 느낀다.

어느 날 '비타민씨'와 날씨 단원을 공부하다가 '불쾌지수, 에너지지수, 미세먼지농도지수'처럼 자신의 날씨 지수를 만드는 차시가 나왔다. 아이들은 어려워하면서도 자신만의 지수를 재밌게 만들었고, 친구들의 발표를 들으며 즐겁게 시간을 보냈다.


'과일 지수: 과일을 먹는 개수에 따라 건강 상태가 바뀜
 - 좋음(100g) 적당량, 나쁨(200g) 많음, 최악(9g) 과일 섭취!!!!'


'하이큐 지수: 하이큐를 좋아해서 하이큐 지수를 만들었다.
 - 매우 좋음: 하이큐 굿즈를 살 때 / 좋음: 하이큐를 볼때 / 보통: 하이큐 사진 볼 때 / 경고: 언니가 하이큐 욕할때 / 나쁨: 엄마가 하이큐 욕할 때 / 매우 나쁨: 가족이 하이큐 보지 말라고 할 때'

'웃음 지수: 기온이 너무 높거나 낮으면 알이 배서 아프거나 너무 안 웃으면 웃음을 잃게 되는 수가 있다. 그래서 웃음 지수를 제공한다.

 – 좋음(20~25℃): 함께 배가 빵 터지게 웃는다/ 보통(10~20℃): 적당히 웃는다/ 경고(10℃ 미만): 너무 안 웃으면 아무나 분위기를 띄운다.'

'친한 지수: 친하면 온도가 점점 높아진다.

 – 안 친함(0~5℃): 말을 안 한다/ 보통(5~15℃): 말만 한다/ 친함(15~20℃): 안고 행동 같은 거 많이 하고 말이 잘 통한다.'

'물 지수 : 물을 많이 먹기 위해서

 – 좋음: 2L/ 보통 : 500mL/ 나쁨: 안 먹음.'

'에너지 절약 지수: 에너지를 너무 많이 써서.

 – 약, 중, 악, 최악.'

날씨 지수를 공부하다 보니 갑자기 우리 학교 식생활관 풍경이 떠올랐다. 식생활관(급식실)에는 식중독 지수 판이 있다. 5학년 날씨 단원을 공부하지 않았다면 절대로 살펴보지 않았을 터였다. 나는 학생들을 데리고 식중독 지수 판을 확인하러 급식실로 내려갔다.

지수 판을 확인한 아이들은 "무언가 불빛이 나오는 판이 있길래 급식실 인테리어인 줄 알았어요.", "이런 게 있는 줄도 몰랐어요." 등의 반응을 보였다. 점심시간은 특히나 아이들이 가장 좋아하는 시간이기에 위를 쳐다볼 겨를도 없었을 것이다.

아이들과 지수 판을 자세히 살펴보며 나 역시 새로운 것을 배울 수 있었다. 교사가 아니었다면 크게 신경 쓰지 않고 살았을 것들이었다. 신기해하는 아이들을 보니 내가 식중독 지수 판을 만든 것처럼 기분이 좋아졌다. 아이들은 그 뒤로 급식실에 갈 때마다 식중독 지수를 보며 기온과 습도 체크를 했고, 조금이나마 빨간불로 갈 것 같으면 영양 선생님께 우려를 표하기도 했다. 역시 아는 만큼 보이는 법이다. 선생님은 정말 재미있는 직업이다.

어느 날은 아이들에게 모래와 페트병 500mL를 이용해 1분의 시간을 잴 수 있는 모래시계를 만들어 보라고 했다. 사실 황당하게도 일부러 실패 경험을 만들어 주기 위해 시킨 임무였다. 아이들은 운동장에서 모래를 퍼 온 후 열정적으로 만들기를 시작했지만, 몇 분이 지나자 초롱초롱했던 눈빛을 잃어버렸다. 그도 그럴 게 얼마 전 비가 와서 모래가 곱지 않고 진득했기 때문이다.

　모래를 페트병에 넣을 때 그냥 손으로 넣는 학생도 있었지만, A4용지로 깔때기를 만들어 지혜롭게 모래를 넣는 학생도 있었다. 종이를 깔때기 모양으로 만든 후 고운 모래를 넣었다면, 페트병에 모래가 쉽게 들어갔을 것이다. 하지만 모래가 찐득해서 모래가 페트병에 들어가지 않자, 아이들은 새로운 아이디어를 떠올렸다. 활발하고 성격이 급한 학생은 페트병에 테이프를 대충 붙이고 무작정 페트병을 뒤집어버려서 모래가 사방으로 튀기도 했다. 하지만 그런 과정을 통해 아이들이 무언가 깨닫고 스스로 행동을 수정하며 다음 행동을 하는 모습을 보니 그저 기특하기만 했다.

　한 번 모래를 뒤집었을 때 1초 만에 모래가 다 내려와버리는 시계를 만든 학생은, 60번 왔다 갔다하면 60초이니 만들기에 성공했다며 좋아했다. 실패라고 말하긴 싫었지만 1분이라는 시간을 잴 수 있는 모래시계 만들기에 실패한 아이들은 슬픈 표정으로 실패일지를 작성했다.

　장마철이라 운동장에서 모래를 구하기 힘들어서, 며칠

후 나는 집에 있는 쌀을 들고 출근했다. 이번엔 임무를 완전히 바꾸었다. 쌀 시계로 몇 초를 잴 수 있을 지 한 명씩 예상해 보고, 실제 측정값과 비교해 가장 근접한 학생을 뽑아보기로 했다. 그렇게 수업은 무사히 흘러갔다.

무언가 목표한 바를 이루면, 이전의 과정들은 실패가 아닌 성공을 향한 경험이라 여긴다. 결국 성공하지 못하더라도 성공을 위해 노력하는 과정은 값진 일이다. 우리는 결과가 중요한 사회에 살고 있지만, 아이들이 끊임없이 도전하는 과정도 즐겼으면 좋겠다.

사실 나는 무언가를 만들다 실패하면 다시 할 의욕이 사라지는 사람이었다. 하지만 끝까지 도전하는 아이들을 보며 나 자신을 반성했고, 두 번 세 번 도전할 줄 아는 사람이 되었다. 이처럼 철없는 교사는 아이들에게 하루하루 배워나간다. 모래시계와 쌀 시계를 만든 경험이 아이들에겐 지겹고 힘든 시간이었을 수도 있다. 하지만 다른 사람과 협력하며 함께 고민하는 과정이 사회에 나가서 조금이나마 밑거름이 될 수 있길 바란다.

띵동! 작은 학교입니다

# 우리도 이제
## 다문화 사회

학창 시절 나는, 우리나라가 한민족 국가로서 5천 년 역사를 가졌다고 배웠다. 그런데 요즘은 우리나라가 한민족 국가라고 단정 지어 말하기 어려워 보인다. 내가 학교에 다닐 때는 다문화 가정에 속한 친구가 없었는데, 교사가 된 후로는 매년 다문화 가정 학생을 지도하고 있기 때문이다.

지금도 다문화라는 단어에 대해 완벽히 정의를 내리기 어렵지만, 얼마 전까지만 해도 다문화 학생은 모두 혼혈이라는 편견이 있었다. 하지만 요즘은 다문화를 넓게 해석해 '문화가 다양하다.'라고 정의하기도 한다. 지역마다 특정 요리를 만드는 방법이 다른 것처럼 말이다.

　다문화에 대한 관점은 여러 가지가 있지만, 국가에서 지칭하는 다문화 가정 학생은 부모님 중 한 분 이상이 외국인인 학생을 뜻한다. 학교에서는 다문화 교육 주간을 운영하기도 하고, 외국인 대학생이 학교로 방문해서 본인의 이야기를 들려주는 '세계 문화 이해 교육'을 실시하기도 한다. 또 다문화가족지원센터 등과 연계한 다양한 프로그램을 소개하는 공문이 내려오면, 가정으로 안내문을 보내기도 한다.

　나의 첫 학교에서는 다문화 가정 학생들이 다양한 특별 프로그램에 참여하여 야외로 체험학습을 나가기도 했다. 그래서 다문화 가정이 아닌 학생이 "선생님, 왜 저 친구들만 재밌는 거 해요? 역차별 아니에요?", "여기는 한국인데 왜 한국인인 저희를 위한 혜택은 따로 없어요?"라는 말을 하기도 했다. 그런데 다문화 가정 학생 중 한 명이 "너희는 토종이잖아."라는 말을 했다. 그 말을 들은 나는 신선한 단어에 충격을 받으면서도 몇 초간 머리가 멍해지며 형용할 수 없는 기분이 들었다.

　다문화 가정 아이들을 위한 프로그램처럼 특수교육대상자 학생들을 위한 프로그램들도 있다. 그런데 특수교육대상자가 아닌 학생들 역시 "왜 쟤네만 체험학습 가요?"라고 묻는다. 그때마다 교사로서 아이들에게 어떤 대답을 해줘야 할지 항상 망설여진다. 그런 이유로 다문화 가정 학생이나 특수교육대상자 학생이 체험학습을 가면 남은 아이들과 더 즐거운 활동을 하려고 노력하며 "우리도 재밌는 거 하잖아."라고 말했다.

초등학교에서는 3학년부터 6학년까지 매년 3월에 기초학력평가를 실시한다. 그런데 다문화 학생의 결과는 추가로 다른 탭에 기재하게 되어 있다. 아마도 다문화 가정 학생들의 기초학력 향상에 도움을 주려는 의도인 것 같다. 그런데 내가 만난 다문화 가정 학생들은 특출난 부분이 많았다. 수학, 사회, 과학같이 어려운 과목 성적이 우수한 학생, 예체능이 탁월한 학생, 다른 사람을 이해하는 공감 능력이 높은 학생, 리더십이 뛰어나 학급 임원을 도맡아 하는 학생까지 도움을 받기보다 다른 친구들을 돕는 학생이 많았다.

교사가 다문화 가정 학생을 무조건 도와주어야만 하는 대상이라고 간주하면 아이들은 그들을 우리보다 못하거나 약한 존재로 인식할 수도 있을 것이다. 하지만 교실 속 아이들은 같은 반 친구가 다문화 가정인지 아닌지 별로 신경 쓰지 않는다. 나와 취미와 특기가 비슷한지, 이야기가 잘 통하는지 등으로 친구를 판단할 뿐이다. 당연히 도움이 필요할 땐 도움을 주어야겠지만, 교실에서만큼은 다문화 학생을 일부러 구별 짓지 않았으면 좋겠다.

딩동! 작은 학교입니다

# 아이들이
## 처음 하는 것들

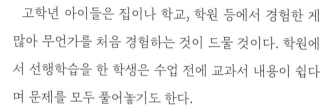

　고학년 아이들은 집이나 학교, 학원 등에서 경험한 게 많아 무언가를 처음 경험하는 것이 드물 것이다. 학원에서 선행학습을 한 학생은 수업 전에 교과서 내용이 쉽다며 문제를 모두 풀어놓기도 한다.

　큰 학교든 작은 학교든 아이들은 학년이 올라가면서 반복되는 학교 활동에 싫증을 내기도 한다. 반면 아이들이 좋아하는 피구나 체험학습 등은 학년이 올라가도 계속하길 원한다. 사실 피구는 교육과정에서 사라졌지만, 아이들에게 그런 건 상관없을 것이다.

　나는 아이들이 하루에 딱 한 가지라도 새로운 것을 배

우거나 경험하길 바란다. 그것을 위해 수업 방식을 고민하고, 새로운 교구를 찾고, 아이들이 하고 싶은 게 무엇인지 끊임없이 소통하려고 노력한다. 학생이 40분간 집중한다는 건 절대로 쉽지 않다. 어른도 마찬가지이기 때문이다. 그래서 나는 내가 수업이 재밌어야 학생도 재미를 느낀다고 생각한다. 가끔은 진지한 분위기로 수업을 이끌어야 하는 때도 있지만, 웬만하면 즐거운 분위기에서 함께 공부하려고 한다. 그렇게 할 때 아이들의 학업 성취도가 높아지는 것을 몸소 느끼기 때문이다.

고맙게도 '비타민씨 5학년'은 나와 함께하는 대부분의 활동이 처음이라고 이야기했고, 사소한 활동도 재미있게 해주었다. 유치원생처럼 들뜬 얼굴로 활동하는 걸 보면서 '5학년이 뭐 이리 순수하나'하고 생각했고 일 년 내내 많이 행복했다.

며칠 후 내가 미리 정해둔 '숫자 5모양, 자음 ㄱ'등의 모양으로 빙고를 하는 게임을 했다. 딱히 특별한 것도 아닌데 아이들은 "우와!"하며 좋아했다. 교사들 사이에서 유명한 '샤메크 블루위' 드레스 도안을 이용한 사진 수업은 "인터넷에서 하는 걸 보고 꼭 해보고 싶었는데 학교에서 할 수 있어서 너무 좋아요!"라며 발을 구르며 좋아했다.

땅동! 작은 학교입니다

아이들은 사진을 한 장씩 찍을 때마다 코앞까지 와서 자랑을 했는데, 매번 다른 반응을 보여주기가 힘들었다. 하지만 아이들이 즐거워하는 모습을 보며 다양한 피드백을 하기 위해 노력했다. 엄지를 치켜세우며 열띤 리액션을 하니 아이들은 계속해서 나에게 사진을 보여주러 왔다. 내향형 교사의 에너지 게이지가 실시간으로 줄어들고 있었다. 마음만은 진심인데 '아이들이 똑같아지고 있는 리액션을 눈치챘으면 어떻게 하지?'라는 걱정도 했다.

아이들은 음악 시간에 '코다이 손기호'도 즐겁게 따라 해주었고 '붐웨커' 악기에도 호기심을 보였다. 어떤 아이는 붐웨커를 유튜브에서 본 뒤로 사고 싶었는데 학교에서 하게 되어 기쁘다고 했다. 그래서 한동안은 '붐웨커' 붐이 일어 3월 점심시간엔 자주 아이들의 합주 소리가 울려 퍼졌다. 아이들은 붐웨커를 연주하는 모습을 촬영해서 브이로그로 만들기도 했다.

교사의 칭찬에 아이들이 춤을 추기도 하지만 교사도 아이들의 반응에 힘을 얻곤 한다. 아이들이 수업을 잘 따라와 주면 힘들어도 수업 준비를 열심히 하지만, 반대로 아이들이 반응을 보이지 않으면 원동력을 잃기도 한다. '비타민씨' 아이들은 나에게 많은 당근을 주었다. "선생님

수업 재미있어요", "집에 가기 싫어요", "처음으로 6교시가 아쉬워요", "6교시는 싫은데 선생님은 좋아요", "7교시, 8교시 하고 싶어요."라는 달콤한 말들을 자주 해주어서 몸은 힘들었지만, 마음만은 풍족했다.

아이들에게 새로운 자극을 주기 위해 계속 노력하고는 있지만, 나이가 들수록 익숙한 것을 계속하고 싶은 마음도 든다. 새로운 것을 배우는 게 귀찮기 때문이다. 하지만 능력 있는 선생님들과 아이디어 뱅크인 아이들과 함께하다 보면 계속해서 새로운 것에 도전하게 된다.

아이들을 만나기 전 겨울방학에, EBS 원격 연수로 30강으로 구성된 '세금 내는 아이들'이란 강의를 들었다. 사실 큰 학교로 발령이 받을 줄 알았던 나는 6명의 아이와 화폐 활동을 하는 게 상상이 되지 않았다. 그래서 스스로에게 계속해서 질문하게 되었다. 그런데 '비타민씨' 5학년과 3월을 보내고 나니 아이들과 소박하게라도 화폐 활동을 해보고 싶어졌다. 이 시기에는 아이들이 너무 예뻐서 충동적으로 많은 일을 벌였다. 화폐 활동도 얼떨결에 하게 되었고, 매점과 화폐 단위(이름), 직업도 만들었다. 직업 활동을 하는 아이들에게 월급도 주었고 월급 중 일부는 세금으로 걷었으며 그 세금으로 매점의 물건들을 채웠다. 아이들이 예쁘니 간식이나 학습 준비물을 사기 위해 쓰는 돈이 전혀 아깝지 않았다.

우리는 투표를 통해 화폐 단위와 직업 이름 및 월급 액수를 정했다. 화폐 단위는 '민씨'(비타민씨의 뒷글자), 첫 직업 6개는 은행잎, 알리미, 마법사, 가정이, 날짜요정, 개운이로 결정되었다. 은행잎은 월급을 나눠주는 은행원, 알리미는 오늘 시간표나 할 일을 말해주는 친구, 마법사는 빗자루를 들고 청소하는 친구, 가정이는 숙제나 가정통신문을 냈는지 확인하는 친구, 개운이는 쓰레기통을 깨끗하게 비우는 친구로 정했다. 매점이 생긴 후엔 날짜요정 직업이 사라지고 매점 직원이 생겼다. 모든 활동이 원활하게 흘러가면 내가 할 일이 크게 없었겠지만, 나도 학생들도 익숙지 않은 초반에는 내가 신경 쓸 일이 많았다. 그럼에도 아이들은 금세 적응해 직업 활동을 즐겁게 해나갔다.

직업 외에 매년 아이들에게 부여하고 있는 역할은 '우유 천사'이다. 작은 학교에서는 우유 급식이 무상으로 실시되어 거의 모든 학생이 우유를 먹고 있다. 우유 천사는 우유를 교실로 가져오는 역할을 하며, 매일 번호대로 돌아가며 수행한다. 사실 '우유천사'라는 명칭은 선배 선생님이 사용하고 계셨다. 선배님께서는 아이들이 우유와 우유를 가지고 오는 것을 싫어하기에 '천사'라는 이름을 붙였다고 했다. 그래서 나도 같은 방법을 이용하고 있다. 우유 천사는 그날의 우유를 가져오며, 급식 줄을 설 때 1번으로 서게 된다. 매일 돌아가며 첫 번째로 급식을 먹을 수 있어서인지 아이들은 우유 천사가 되는 것을 좋아한다.

연초에 '비타민씨' 아이들에게 세금이 남으면 기부를 할 것이라는 말을 했었다. 겨울방학이 다가올 때 '비타민씨 5학년'의 세금을 확인해보니 124민씨가 남아있었다. 우리는 1민씨를 1,000원으로 설정해뒀기에 124민씨는 124,000원이다. 6명의 아이는 3명씩 2모둠으로 나뉘어 62,000원을 어떤 단체에 기부하고 싶은지 토의했다. 두 모둠 모두 당시 엄청난 지진을 겪은 튀르키예와 시리아에 기부하고 싶다고 말했다.

아이들은 네이버 해피빈의 다양한 단체 중 국경없는의사회, 플랜코리아, 월드비전에 기부하기로 했고, 나의 사비로 기부를 완료했다. 그리고 각 단체의 댓글에 남기고 싶은 응원 문구도 남겼다. 학생들의 응원 댓글이 예뻐 보이셨는지 많은 분이 '좋아요'를 눌러주셨다. 나는 다음

해 연말정산을 하며 기부금 명세서에 기록된 그때의 기억을 떠올릴 수 있었다. 5학년 종업식 날 아이들에게 받은 쪽지 2개를 공개한다.

'안녕하세요. 저 지은이에요. 5학년 동안 힘드셨죠. 저는 선생님께서 재미있게 수업해주시고 제가 힘들 때 고민을 들어주시고 해서 제가 5학년을 재미있게 보낸 거 같아요. 그전에는 좀 소심했어요. 근데 선생님을 만나고 제가 성격이 조금 바뀌었어요. 근데 편지가 이렇게 돼서 이상하지만 그래도 재미있게 읽어주세요. - 지은 올림 -'

'사랑하는 콩순이 선생님께♡ 안녕하세요. 선생님 저 진희예요. 선생님 우리 담임 맡아주셔서 감사하고 사랑해요♡ 그리고 항상 말에 줬던 게 6학년 때도 선생님이 맡아주셨으면 좋겠어요! 선생님 사랑하고 고맙습니다♡ 그럼 안녕히 계세요. 백진희 올림.'

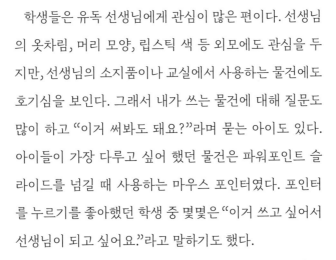

# 선생님에게

# 관심 많은 아이들

학생들은 유독 선생님에게 관심이 많은 편이다. 선생님의 옷차림, 머리 모양, 립스틱 색 등 외모에도 관심을 두지만, 선생님의 소지품이나 교실에서 사용하는 물건에도 호기심을 보인다. 그래서 내가 쓰는 물건에 대해 질문도 많이 하고 "이거 써봐도 돼요?"라며 묻는 아이도 있다. 아이들이 가장 다루고 싶어 했던 물건은 파워포인트 슬라이드를 넘길 때 사용하는 마우스 포인터였다. 포인터를 누르기를 좋아했던 학생 중 몇몇은 "이거 쓰고 싶어서 선생님이 되고 싶어요."라고 말하기도 했다.

나는 아이들에게 자신감을 키워주면서 포인터를 사용

땡동! 작은 학교입니다

할 기회도 주고 싶어서 PPT를 만들어 발표하는 수업을 했다. 학생들은 PPT를 만들고 발표하러 칠판 앞에 나올 때마다 "선생님. 생각보다 더 떨려요. 선생님은 매일 어떻게 앞에서 수업하세요?" 등의 반응을 보인다. 발표할 땐 컴퓨터 화면에 적힌 글씨만 보느라 다른 친구들의 눈을 한 번도 보지 않는 학생도 있다. 하지만 발표 수업이 끝나고 소감을 들어보면 대부분 "PPT를 만들고 발표하는 게 힘들기도 했지만, 막상 해 보니 재밌어서 또 하고 싶어요."라고 말한다. 그런 말을 들으면 내심 뿌듯하다. 나는 아이들이 다른 사람 앞에서 자신의 의견을 씩씩하게 말하는 경험을 되도록 많이 하게 해주고 싶다. 언제든 새로운 환경에 노출되었을 때 학생들이 스스로 이겨내어 성취감을 느끼길 바라기 때문이다.

아이들은 큼지막한 것들을 좋아한다. 화이트보드도 작은 크기보다 교실 벽면 크기를 더 좋아한다. 그래서 아이들은 쉬는 시간마다 "선생님, 낙서해도 돼요?"라고 말하며 칠판 쪽으로 나온다. 그런 욕구를 알고 난 후로 학생들에게 수학 각 단원의 마지막 차시에 나오는 문제들을 앞에 나와 설명하면서 해결하라는 미션을 준다. 선생님이 된 것처럼 칠판 앞에 서서 설명하고, 또 선생님이 된 친구에게 설명을 듣는 학생들을 보고 있으면 그렇게 귀엽고 기특할 수가 없다. 가끔은 선생님보다 또래가 설명해주는 게 이해가 더 잘 될 수도 있는데, 이 방법은 수준이 비슷한 아이들이 모여있는 작은 학교의 교실에서 좋은 학습법이었다.

작은 학교 아이들은 서로에 대해 잘 알기에 상대적으로 잘 모르는 선생님에게 관심을 쏟는 것인지도 모른다. 작은 학교엔 보통 한 학년에 한 반만 있거나 심한 경우 한 학년이 아예 없는 학교도 있기 때문이다. 내가 근무했던 작은 학교는 전 학년이 존재하긴 했다. 하지만 학년당 반이 하나밖에 없었기에 아이들은 6년 내내 똑같은 친구들과 공부해야만 했다. 그 때문에 큰 학교처럼 새 학기에 학생들끼리 이름을 외우고 맞히는 게임을 한다는 것은 있을 수 없는 일이다.

모든 친구가 성향이 잘 맞아 친하다면 6년 내내 같은 반이 되어도 별문제가 없다. 하지만 어딜 가나 나와 맞지 않는 사람은 존재하기 마련이다. 그 때문에 작은 학교에는 오랜 갈등이 많아, 짧은 시간 안에 갈등을 해결해주긴 힘들다. 교사 1년 차에는 아이들의 모든 갈등을 중재하려는 욕심을 부렸다. 하지만 초등학생들의 묵은 감정은 쉽게 해소하기 어려웠다. 몇 년째 작은 학교 아이들의 다툼을 보다 보니 많은 생각을 하게 되었다. 사실 어른이라면 서로 만나지 않고 무시하며 살라고 하면 그만이다. 하지만 매일 만날 수밖에 없는 아이들에게 무조건 거리를 두라고 할 수도 없는 노릇이었다.

명절과 스승의 날마다 감사 인사를 전하는 명근이를 포함한 첫해 아이들의 편지나 카톡에는 항상 친구들과 싸워서 선생님께서 고생을 많이 하셨겠다는 내용이 담겨있었다. 그 말을 듣는 순간 나는 힘들었던 기억을 모두 잊게 된다. 아이들이 잘 자라서 어른을 걱정하는 마음을 표현할 수 있게 된 것에 무척이나 감사한 마음이 들기 때문이다. 더구나 시간이 지나면 기억이 미화되기도 해서 사소한 갈등들은 그 이유도 형태도 전혀 기억이 나지 않는다.

학생들은 대부분 싸우면서 자란다. 그 때문에 교사는 학습 외의 것들도 지도하게 된다. 간혹 교사가 생활지도 때문에 학습지도에 에너지를 집중하지 못한다고 걱정하는 분들도 계신다. 그래도 나는 초등학생에겐 공부보다 바른 인성 형성이 더 중요하다고 생각한다. 그래서 더욱 아이들에게 부끄럽지 않은 어른이 되기 위해 매일같이 나 자신을 되돌아본다.

'학생들의 특정 행동에 바로 화를 내기보다 어떤 이유가 있는지 알아보자.'

'내가 다 해주려 하지 말고 스스로 하도록 격려하자.'

'엄격하고 단호하되, 다정하고 일관성 있게 대하자.'

한때는 내가 부족해서 아이들이 다투거나 잘못된 행동을 한다고 생각했다. 물론 그 이유도 있겠지만, 지금은 모든 행동이 나로 인해 일어나는 것은 아니라고 생각한다. 대부분 아이는 나 때문이 아니라, 아프거나 기분이 좋지 않는 등 자신만의 이유로 친구와 다투거나 옳지 못한 행동을 한다. 어느새 성숙해진 아이들은 위로의 말도 건네준다. "선생님 탓 아니에요. 저희가 그냥 사이가 안 좋은 거예요." 하지만 아이들의 말대로 생각하려 노력해도 갈등을 지속적으로 마주하면 어쩔 수 없이 속상하다.

땡동! 작은 학교입니다

# 아이들 말에
## 일희일비하는 교사

    교사의 생각 없는 말은 아이들의 마음을 상하게 할 것이다. 나 역시 가끔은 아이들의 말에 섭섭함을 느낀다. 아닌 척하려 노력하지만, 나는 우리 아이들에게만은 최고가 되고 싶다. 그런데 간혹 내 앞에서 다른 선생님께 "선생님! 내년에 저희 담임 선생님 해주세요!"라고 말할 때가 있다. 그러면 나는 '나의 어떤 부분이 좋지 않은 걸까'라고 극단적으로 생각하며 상처받곤 한다. 물론 그런 말을 하는 아이도 나를 좋아해 준다. 하지만 선생님마다 장점이 다르기에, 나에게 없는 장점을 가진 선생님을 만나고 싶어서 그런 말을 하는 것 같다.

아이들이 원하는 선생님들의 장점을 보고 배우고 싶어 아이들에게 다른 선생님의 어떤 점이 좋냐고 물어보았다. 그런데 대다수 아이가 "영화를 많이 보여주셨어요."라고 대답했다. 사실 나는 교실에서 영화를 보여주는 것보다 아이들과 눈을 마주하고 놀이를 하거나 함께 대화하는 것을 더 좋아한다. 물론 메시지를 전달하고 싶은 영화가 있으면 내용을 선별해서 영화를 보기도 한다. 하지만 보통의 아이들은 영화를 풀타임으로 보면 졸려 하거나 온전히 집중하지 못하기에, 전체를 다 보는 것은 별로 선호하지 않는다.

아이들은 어떨 땐 성숙해 보이면서도 다른 한편으론 단순해 보이기도 한다. 누군가 툭 내뱉은 말이 다른 사람에게 큰 충격을 줄 수 있는 것처럼, 아이들은 가끔 교사에게 상처를 주는 말을 툭 내뱉는다.

아이들 말에 일희일비하지 않으려고 노력하면서도 아이들의 생각을 마주하려 노력하는 이유는, 내가 아이들에게 실수한 것이 있다면 진심으로 사과하고 싶기 때문이다. 아이들의 배려인지, 예의를 차린건지 대다수 아이는 자기 말을 기억하지 못하거나 나에게 불만을 이야기하지 않았다. 나 역시 대부분은 단순하게 생각하려고 노

땡동! 작은 학교입니다

력한다.

또 아이들이 바라는 활동이나 수업이 내가 할 수 있는 것이라면, 열심히 준비해서 함께 즐기고 싶다. 아이들이 교실에서 신나게 시간을 보내는 것은 나에게도 도움이 되기 때문이다. 아이들은 기분이 좋을수록 공부도 열심히 하고 친구들과 사이좋게 지낸다. 아이들의 웃는 모습은 내가 다음 수업을 열정적으로 준비할 수 있게 하는 동기를 부여한다.

초임 때는 한 학생이 "선생님 목소리 너무 졸려요."라는 말을 한 적이 있다. 그 당시엔 적잖이 충격을 받았다. 하지만 그 학생의 솔직함 덕분에 그때보다 풍부한 어조로 목소리 크기를 조절하며 수업을 하게 되었다.

또 어떤 학생은 "선생님은 너무 착하세요. 혼내실 때 더 단호하게 해주셨으면 좋겠어요."라는 말을 했다. 나는 아이들을 되도록 지적하지 않으려 애쓴다. 아이들을 칭찬해주고만 싶고, 좋은 이야기만 나누고 싶다. 하지만 다른 학생들을 방해하거나 위험한 행동을 하면 그냥 넘어갈 수가 없다. 그런데 더 경력이 적을 때는, 화를 내는 나의 모습에 아이들을 귀여워하는 미소가 느껴진 모양이었다. 그런 말을 해준 제자 덕분에 요즘은 진지하게 학생들의 행동을 바로잡아주게 되었다. 사실 단호한 표정을 잘 짓지 못해 거울을 보며 연습하기도 했다. 그런데 가만히 있어도 웃음이 나오는 나는, 무표정이나 째려보듯 거울을 보고 있는 내 모습이 너무 우스웠다. 아이들이 나의 지도를 진지하게 받아들일 수 있도록 표정 연습도 해야겠다는 생각이 들었다.

요즘 아이들은 너무나도 솔직하다. 짧은 영상이나 자극적인 것에 익숙한 알파 세대 아이들은 조금이라도 내용이 길어지면 "지루해요.", "재미없어요."라고 바로 말한다. 예전엔 그런 말을 들으면 마치 '나' 자체가 재미없는 사람이 된 것 같아 기분이 상했다. 그런데 세월이 흐르고 보니 아이들은 그저 '수학'같이 어렵게 느껴지는 교과나 그림 없는 긴 글을 읽는 것 등이 싫은 거였다. 나와 대상을 분리하고 나니 요즘은 그런 말에 흔들리지 않게 되었다. 이제는 "아, 또 영어야! 싫어!"라는 말에 "영어는 너 좋아하는데?"라고 말하게 되었고, "선생님, 수학 말고 교실 놀이하면 안 돼요?"라는 말에 "수학도 교실 놀이처럼 재밌게 공부해볼까요?"라고 말한다. 아이들 말에 일희일비하면 스트레스를 받을 수도 있다. 하지만 진짜로 필요한 말을 해주는 아이도 있다. 그래서 좋은 것은 취하고, 좋지 않은 것은 반성하며 고치고, 필요 없는 것은 거르며, 꾸준히 발전하고 싶다.

# 반가 뮤직비디오 제작과
# 학예회 준비

　'비타민씨' 아이들과 권진원 님의 'Happy Birthday to you' 노래를 개사해 반가를 만들었다. 진희가 어머님과 함께 1절 전체의 가사를 사랑스럽게 개사해왔는데, 반 아이들의 만장일치로 진희의 가사를 반가로 정하게 되었다.

> '공주님이 여섯 명이 모여 5학년 새 학기를 맞았죠
> 설레고 기쁘고 들뜬 내 마음 열심히 공부 시작했죠
> 몸 마음도 이젠 자라서 친구 선생님 내 맘 알까요
> 난 선생님 친구 모두를 사랑해 정말 우리 친하게 지내
> 이제 우리 공부 열심히 몸과 마음 더욱더 튼튼히 하기

땡동! 작은 학교입니다

우리 모두 꿈과 열정이 가득하고 항상 노력하는 5학년

아름다운 선생님 만난 건 5학년의 행복 가득 축복

작은 희망 큰 꿈으로 많은 우리 반

비타민씨 난 좋아요'


　뮤직비디오 제작을 위해 아이들과 나는 신발장 앞에서부터 복도와 교실에서 다양한 각도로 촬영을 했다. 편집이 힘들기도 했지만, 영상 속 밝은 아이들의 모습을 바라보는 것은 즐거웠다. 사랑스러운 아이들을 담은 영상을 여기저기 자랑하고 싶었다. 하지만 아이들이 사춘기가 되면 얼굴을 공개한 것을 후회할 수도 있을 것 같아서, 우리만 볼 수 있도록 유튜브에 부분 공개로 영상을 올려 학부모님과 추억을 공유했다. 훗날 '세잎클로버 5학년'과는 내가 직접 작곡한 노래로 반가를 녹음해 뮤직비디오 촬영을 했다. 내가 만든 멜로디를 아이들의 목소리로 들으니 너무 행복했다.

　학예회 날 '비타민씨 5학년'은 상영되고 있던 뮤직비디오가 끝난 뒤 무대에 등장했다. 뮤직비디오가 끝나고 '한국을 빛낸 100명의 위인들'을 개사한 우리들의 두 번째 반가를 노래했다. 학예회 날 '비타민씨 5학년'은 '써

니' 연극, 바이올린 연주, 사물놀이 공연에다 사회까지 보
느라 몸이 두 개라도 모자랄 지경이었다. 정신없이 옷을
갈아입고 뛰어나가는 아이들을 보니 대견하면서도 안쓰
러웠다. 내가 아이돌 매니저가 된 것 같기도 했다. 선배
님께서는 학예회를 할 때 무대 사이에 비는 시간이 길면
안 된다고 하셨다. 아이들이 주인공인 무대에 잠깐의 틈
이 허용되지 않는 게 의아했지만, 학생들이 시간을 촘촘
하게 사용하는 법을 배우는 것도 필요하다는 생각이 들
었다. 5학년 실과 교과에 '시간 관리'에 관한 내용도 있어
서 생각이 꼬리에 꼬리를 무는 나는 그것과도 연결을 지
어보았다. 다행히 학예회는 잘 끝났고, 마침 그날이 11월
11일이어서 아이들은 서로 빼빼로를 주고받았다. 다음은
예랑이의 학예회 당일 쪽지이다. 아주 하트가 가득하다.

 '선생님 안녕하세요? 저 예랑이에요♡ 선생님이 지금
이걸 읽고 계신 거면 제가 만든 빼빼로를 받으셨다는 거
네요!! > < [12] 너무 기뻐요♡ 왜냐하면 어젯밤 만들면서
'계속 선생님이 안 받아주시면 어떡하지?'라고 고민을
했었거든요. 선생님이 거절하셨더라면 이건 쓰레기통에

---

12  빼빼로는 안 받고 쪽지만 받았다. 나도 정말 받고 싶었고, 아이에게도 미안했다.

띵동! 작은 학교입니다

있었겠죠?ㅠㅠ 그리고 선생님 오늘 학예회 잘 해봐요!! 그리고 어제 한복 체험 너무 재미있었어요♡♡ 인스타에 있는데 꼭 봐요!! (나도 학생들과 함께 교실에서 한복을 입고 사진을 찍었다.) 그리고 우리 비타민씨 모두 몇 개월 안 남은 거 잘 지내봐요♡ A4용지를 꽉 채울 정도로 할 얘기는 많지만. 안녕히 계세요. – 예랑 올림 –'

# 6학년과 함께한
## 오싹오싹 미스터리 상자

  '비타민씨 5학년'은 1학기 방학이 있던 주에 6학년을
위한 소소한 이벤트를 열었다. 한 학년에 한 반밖에 없다
보니 옆 반인 6학년과 학년 군 단위로 함께할 일이 많았
다. 다행히 5학년과 6학년이 친하게 지내고 있어서 이런
이벤트도 할 수 있었다. 더구나 6학년은 졸업을 앞두고
있어서 종종 이벤트 대상이 되곤 하는데, 그 현장을 지켜
볼 수 있어서 뭉클했다.

  '공포의 상자 초대장
  일시 : 19일 화요일 12시~12시 40분

입구: 5학년 교실 앞문 (출구: 뒷문)

1인당 2분 정도 소요되어 기다리셔야 하겠지만, 즐거운 추억이 되면 좋겠습니다.'

 

아이들은 위와 같은 초대 문구가 적힌 초대장을 만들어 6학년 선배들과 선생님들께 전달했고, 공포의 상자에 넣을 물건을 직접 선정했다. 오싹오싹 미스터리 상자는 안대를 쓰고 안이 보이지 않는 상자에 손을 넣어 무슨 물건인지 맞히는 게임이다. 우리는 무서운 분위기를 연출하기 위해 교실 전등을 끄고 으스스한 배경음악을 틀어두었다.

이벤트 당일 6학년 학생들은 재미있다며 여러 번 참여했고, 감사하게 선생님들도 참여해주셨다. 사실 당시에 안대가 없어서 일회용 마스크로 참가자의 눈을 가렸다. 자신의 차례를 기다리는 학생들은 대기할 수 있는 자리에 앉아 게임에 참가하고 있는 친구들을 구경했다. 상자에는 교실에 있는 물건을 넣었기에 특별히 다른 비용이 들진 않았다. 다만 초대장에 응해준 고마운 6학년 학생들을 위해 마이쭈를 준비했다.

항상 호의적이고 긍정적인 6학년 학생들과 선생님 덕

분에 나는 학교를 옮긴 첫해를 무사히 보낼 수 있었다. 우
리 반이 옆 반이나 다른 학년과 사이좋게 지내는 것은 교
사와 학생 모두에게 행복한 일이다.

떵동! 작은 학교입니다

# 스키캠프와
# 졸업식 축하 무대

　우리 학교는 격년으로 5~6학년이 스키캠프를 간다. 이
번에는 스키캠프를 가는 해여서 '비타민씨 5학년'은 6학
년과 함께 강원도로 떠나게 되었다. 스키장에서는 여자
방 2개, 남자 방 1개를 빌렸고 작은 여자방 1개를 나와 5
학년 아이들이 사용하게 되었다. 교사는 따로 방을 마련
해 잠을 잘 수도 있을 텐데, 안전상의 이유로 아이들을 챙
기기 위해 나는 학생들과 같은 방을 쓰게 되었다.

　사실 학생들과 함께 자는 게 불편할 수도 있을 것 같았
다. 그러나 아이들도 같은 걱정을 했을 수도 있겠다고 생
각하니 마음이 편해졌다. 스키캠프를 갈 땐 한 명의 학생

이 빠져 5명의 학생과 함께했다. 아쉽게도 교사는 스키를 탈 수가 없었지만, 그 외의 시간에 아이들과 많은 추억을 쌓았다. 특히 편의점에서 간식을 구경하고 나왔을 때 마주한 숙소 풍경은, 동화 속 세상같이 아름다웠다. 연말 분위기가 물씬 나게 꾸며진 반짝반짝한 산책로와 순수한 아이들의 조합은 내 마음을 설레게 했다. 그래서 연신 셔터를 누르며 아이들의 모습을 휴대폰에 담았다. 숙소로 돌아와서 아이들은 릴스를 찍는다며 희한한 율동을 하기도 하고 나와 함께 보드게임을 하기도 했다. 세수를 하고 민낯으로 앉아 있는데 내 얼굴을 빤히 보는 아이들 탓에 조금 민망하기도 했다.

아이들을 일찍 재우려 했으나 예상할 수 있듯 아이들은 방에 누워 수다를 떨고 있었다. 문을 열었을 때 아이들이 자는 척을 했지만, 휴대폰 불빛이 반짝이는 게 너무 웃겼다. 나는 거실에 이불을 깔고 누워있었는데 어떤 학생이 내가 움직임이 하나도 없이 너무 똑바로 누워있어서 죽은 줄 알았다며 웃으며 말했다. 그 말이 더 섬뜩했다. 아침엔 6명이 화장실 1개를 써야 했기에 일찍 일어나서 스트레칭을 하고 나부터 얼른 씻었다. 아이들도 일찍 잠에서 깨서 모두 제시간에 외출 준비를 마쳤다. 바깥의 잠자리가 편하지 않아서인지 원래부터 바른생활 어린이들인 건지 궁금했다.

학생들이 스키를 탈 때 나는 방한 신발을 신고 가지 않았다. 그래서 다른 선생님들과 함께 수업을 참관할 때 발이 꽁꽁 얼어붙는 줄 알았다. 스키장 눈밭에 서 있으려면 방한 신발은 필수다. 그런데 아이들에게도 난항이 있었다. 스키 신발을 조이면 종아리 촛대가 압박되어 아프게 느끼는 아이들이 많아서 맞는 신발 사이즈를 찾느라 오랜 시간이 걸렸다. 그리고 1박 2일의 짧은 시간 동안만 수업을 받아서 아이들은 여전히 스키를 어려워했다. 스키를 제대로 타려면 2박 이상은 와야 할 것이다. 스키를 함께 탄 건 아니었으나 아이들과 하룻밤을 보낸 추억은 오래오래 좋은 추억으로 남을 것이다.

학사일정이 12월이 아닌 2월에 끝나면 2월 개학 후 일주일간 수업을 하고 이별을 하게 된다. 이번 해에는 2월에 졸업식이 있었기에 2월 개학 후 교장 선생님께서 졸업 축하 무대를 준비해달라는 말씀을 하셨다. 갑작스러웠지만 2월엔 그동안 배운 내용을 복습하고 있었기에 다른 시간엔 아이들과 공연을 준비하는 것도 재밌을 것 같았다.

우리는 7공주의 love song을 개사해 율동과 함께 무대를 꾸리기로 했다. 지금 생각해도 이 노래의 멜로디와 가사가 너무 예뻐서 졸업 축하로 제격인 것 같다. 개사 내용은 다음과 같다.

졸업이 기쁨 되는 날 졸업이 미소 되는 날
후배들 새싹처럼 자라서 6학년 졸업 축복해

지금 순간을 위해서 6학년이 태어났어
깊은 잠에서 눈뜨면 꺼질 마법은 아닐까
그대의 졸업을 축하해 오랜 시간을 돌아서
이제 중학교에 가게 된 거야 oh

졸업이 기쁨 되는 날
졸업이 미소 되는 날
후배들 새싹처럼 자라서 6학년 졸업 축복해
(간주 - 캔디춤)

아주 조그만 행복도 늘 팝콘처럼 부풀길
때론 힘겨울 시간도 희망 안에서 푹 쉬길
이렇게 꼭 잡은 두 손에 아주 소박한 약속을
모두 다 모아서 간직할 거야 oh

땡동! 작은 학교입니다

졸업이 기쁨 되는 날 졸업이 미소 되는 날
후배들 새싹처럼 자라서 6학년 졸업 축복해

6학년 졸업을 하고 중학교 입학을 하고
꼭 우리 오늘처럼 잘 지내 하늘이 주는 날까지
난 그대 후배가 되고 넌 우리 선배가 되고
꼭 우리 OO초 기억해 하늘이 주는 날까지

제4장

# 사랑이라는
# 열매

# 2년 차 연구부장의
# 새 학년 준비

'알록달록 4학년' 담임을 맡은 해에는 개학 전날까지 교실 준비가 덜 되어 삼일절에도 출근했다. 우리 학교는 근무 외 시간엔 자유롭게 학교에 오가기가 힘들다. 요즘 은 지문 등록을 하면 주말에도 출근할 수 있다고는 하지 만, 시골의 작은 학교에 혼자 있으면 무서워서 웬만하면 주말엔 출근하지 않는다. 그런데 이번 삼일절에는 행정 실 차석님이 학교에 계셔서 마음 편히 출근할 수 있었다.

우선 개학 날 아침 활동으로 할 미덕 활동지를 학생 수 만큼 제본해 책으로 만들었다. 또한 알림장을 보낼 L자 파일을 사서 우체통 도안을 코팅해서 붙였다. 아이들이 가정통신문을 잘 전달해 가정과 학교를 빠르게 연결하는 우체부 역할을 해주길 바라는 마음에서였다. 일일이 코팅해서 테이프로 도안을 붙이다 보니 고생하는 내 몸에게 미안한 마음이 들었다.

책상은 시험 대형이 아닌 U자 모양으로 배열했고, 책상마다 미덕 활동책과 L자 파일을 올려둔 후 소박한 소망을 속으로 외쳐보았다. '아이들에게 최악의 선생님, 나쁜 선생님은 되지 말자!'

개학 날, 나는 아침부터 당황하고 말았다. 8시 30분까지 출근인 학교에 8시 정각에 도착했는데 정문에서 반 아이들의 절반을 만났기 때문이었다. 알고 보니 통학버스를 타는 학생 한 명을 제외한 나머지 학생들은 원래 등교 시간이 빠르다고 했다. 이것 역시 작은 학교의 특성인 듯했다.

통학버스가 없는 도시 학교는 그런 일이 없겠지만, 작은 학교는 등하교 통학버스 시간에 상당히 민감하다. 그래서 갑자기 행사가 생기거나 체험학습을 가서 하교 시간이 바뀌면 바로 기사님과 학부모님께 말씀드려야 한다.

어쨌거나 교실에 앉아서 아이들을 맞이하고 싶었던 나는, 아이들을 교실 밖에서 먼저 만나버린 것이 아쉬웠다.

게다가 우리 반에는 통학버스가 아닌 시내버스를 타고 7시 30분 정도에 등교하는 아이도 있었다. 그래서 이 해엔 거의 7시 30분까지 출근을 했다.

개학 날 내가 교실 앞문에 붙여둔 종이에 적힌 미션들은 다음과 같다.

1) 선생님과 주먹인사 후 이름 말하기

2) 자리 뽑기한 후 해당 자리에 소지품 두기

3) 칠판에 내 이름이 적힌 쪽지 찾아가기

4) 포토존에서 개인 사진 찍기

5) 작년, 재작년 선배들의 선생님 소개서 읽기

6) 선생님과의 비밀 쪽지 작성하기(흥미, 신상 등)

7) 'class123' 휴대전화 앱 다운받기

8) 독서

아침 활동 시간이 30분으로 긴 편이라 넉넉하게 8개를 작성해두었는데, 몇몇 학생에겐 너무 많았던 것 같다. 책을 좋아하는 학생들은 비밀 쪽지 작성보다 독서를 먼저 했고, 글을 쓰는 데 시간이 오래 걸려서 다른 것을 하지 못한 학생도 있었다. 어떤 학생은 비밀 쪽지를 제출하지 않고 가져가 버리기도 했다.

연구부장은 3월에 일이 몰려있다. 그런데 또 담임을 맡았기에 교실 물품과 아이들 파악도 중요했다. 바쁘게 하루를 보내고 나면 개학일은 유난히 길게 느껴진다.

연구부장 업무를 하다 신경이 곤두서는 일은 수업을 변경하는 일이다. 어떤 사람들은 하루 수업을 바꾸는 게 뭐가 그리 어렵냐며 물을 수도 있다. 학교에서는 1년에 190일 이상으로 수업일수를 계획해야 한다. 그런데 190일로 딱 맞춰 학사일정을 편성하면, 갑작스럽게 하루가 빠질 때 수업일수가 189일이 되어버린다. 그렇게 되면 등교 일수를 늘려야 하기 때문에 방학이나 졸업식 날짜를 하루 미뤄야 한다. 거기서 끝이 아니다. 급식 재료 수급에 문제가 생길 수도 있고, 방과후 및 돌봄 수업 등 각종 부서의 일정이 꼬이게 된다. 더구나 당시 우리 학교 근처에 있던 규모가 더 작은 학교는 우리 학교의 급식을 배식받아 먹고 있었기에, 우리 학교의 학사일정이 바뀌면 급식을 못 먹게 될 수도 있었다.

학생 때는 시간표가 변경되는 것이 단순한 일인 줄 알

았다. 교사가 되고 나니, 하루 계획이 바뀌는 것이 일 년 치 계획을 흔들어버릴 수도 있다는 것을 알게 되었다. 역시 세상 모든 일은 직접 겪어보기 전엔 섣불리 판단하면 안 된다.

# 귀여운 강낭콩,
# 옥수수, 상추의 탄생

4학년 과학 교과에는 식물의 한살이를 배우는 차시가 나온다. 대표적으로 키우는 식물이 강낭콩이라 우리도 강낭콩을 심게 되었다. 처음엔 2명당 물컵 크기의 화분 1개씩을 맡아 씨앗을 심었다. 그런데 강낭콩이 그렇게 빨리 자랄 거라곤 예상하지 못했다. 하루 만에 싹이 난 화분도 있어서 다른 식물이 날아 온 게 아닌가 하는 의심이 들 정도였다. 아이들은 강낭콩 싹을 보기 위해 아침 일찍 등교했다. 하루하루 자라나는 강낭콩을 보며 행복해하고 친구들에게 자랑하는 아이들을 지켜보며, 생명체가 주는 활력을 깨닫게 되었다.

띵동! 작은 학교입니다

사람들은 귀여운 것을 보면 화가 줄어든다고 한다. 강낭콩 싹은 귀여운데다가 생명까지 있어서 아이들에게 큰 활력소가 되었다. 실제로 강낭콩이 쑥쑥 자랄 때 아이들이 강낭콩에 관한 대화만 했기에 갈등 빈도도 적었다. 사랑스러운 아기 덕에 집안 분위기가 좋아지는 것처럼, 교실도 강낭콩 덕에 더욱 생기가 돌았다.

　강낭콩은 아이들이 사랑으로 물을 준 덕분에 하루가 다르게 쑥쑥 자랐다. 나는 서둘러 분갈이할 화분을 택배로 구매했다. 그런데 분갈이에 사용할 흙은 학교 근처의 꽃집과 화원을 모두 돌아다녀도 구하기가 어려웠다. 흙을 돈 주고 사는 것은 돈이 아까웠는데 막상 파는 곳이 없으니 답답했다. 그때 학교에 있는 텃밭이 생각났다. 다행히 텃밭에 있는 흙을 사용할 수 있었고, 다른 선생님들께서 많이 도와주셔서 분갈이를 쉽게 할 수 있었다. 흰색 화분을 고른 남학생들은 매직으로 빨주노초파남보 색칠을 하며 화분을 예쁘게 꾸몄다. 그러더니 "우리 반 이름이 알록달록 4학년이잖아요."라고 말했다. 여학생들은 매일같이 사랑을 표현하는데, 남학생들의 애정 표현은 이렇게 깜빡이 없이 훅 들어온다.

　분갈이용 화분은 인터넷으로 샀다. 그런데 30cm 높이의 화분을 실제로 보니 강낭콩에 비해 너무 커 보였다. 처음에는 실수로 너무 큰 화분을 산 것 같아 난처한 마음이 들었다. 그러나 강낭콩이 자라는 속도를 보니 결코 큰 게 아니었다. 그 뒤로 급식실 앞에 둔 커다란 화분들은 전교생의 관심을 듬뿍 받게 되었다. 다이소에서 사 온 화분에 상추를 키운 아이는 다 자란 상추를 선생님들께 나눠 드리기도 했다.

식물들이 쑥쑥 자라는 걸 볼 때마다 생명의 신비를 느끼는 동시에 인간은 한낱 미물이라는 사실을 깨닫기도 했다. 옥수수는 더 큰 화분을 사야 할 만큼 뿌리가 커지고 열매도 쑥쑥 자랐다. 급식을 일찍 먹은 아이들은 "선생님 저랑 같이 화분 보러 가실래요?"라고 말하며 내 손을 이끌기도 했다. 어느 날엔가는 아이들이 옥수수 옆에 귀뚜라미가 있다고 해서 영상을 찍어보았다. 하지만 내 눈엔 그냥 벌레가 붙어있는 것처럼 보였다. 시골 아이들은 논밭에서 뛰놀다 보니, 동식물에 관한 지식이 나보다 뛰어나다. 나는 그런 아이들을 볼 때마다 농촌에서 자라신 척척박사 아버지가 떠오르곤 했다.

강낭콩 꼬투리가 꽉 차 보였을 때 몇몇 아이들이 강낭콩 꼬투리를 열어보았다. 그런데 아쉽게도 콩이 너무 작아 다시 화분에 심어버렸다. 얼마 후 잘 익은 콩을 수확했을 때, 아이들은 집에서 밥에 넣어 먹었다며 신이 나서 자랑을 해댔다. 콩을 수확해본 적이 처음이라고 말하는 아이들을 보니 너무 사랑스러웠다. 근처 학교에서는 닭을 키운다는 소식에 충격을 받기도 했지만, 학교에 사람이 아닌 다른 생명체가 있는 것은 아이들의 정서에 좋은 영향을 주는 것 같다.

그 후로 나는 4학년 담임을 맡지 않았을 때도 4학년 교실을 살펴보는 습관이 생겼다. 아침 일찍 등교해 강낭콩을 바라보는 아이들의 사랑스러운 모습을 보고 싶어서였다.

나는 아이들이 자기 자신도 아껴주고 다른 생명체도 소중히 여겨주었으면 좋겠다. 우리 아이들이 강낭콩을 애지중지 키웠던 것처럼 다른 사람들을 대할 수 있다면, 학교에서 생명을 키우는 것은 과학 시간 그 이상의 의미를 갖게 될 것이다.

# 알록달록 4학년의

## 늦은 입학식

    우리 지역은 '학생 생성 교육과정'이라는 프로그램을 운영한다. 그래서 아이들과 함께 교육과정을 만들어야 한다. 신규 교사에겐 아이들과 거창한 성취기준을 세세하게 만드는 것이 버거웠다. 그래서 우선 아이들과 어떤 주제로 교육과정을 만들지 논의했다. 아이들이 1학년이던 해에는 코로나가 퍼지고 있었다. 개학이 연기되었던 터라 아이들은 입학식을 제대로 하지 못했었는데, 그것을 무척 아쉬워하고 있었다. 그래서 우리만의 입학식을 해 보기로 했다.

    학생들은 몇 차시의 교육과정을 계획했고, 모둠별로 필

        땡동! 작은 학교입니다

요한 물건을 직접 골라 인터넷 장바구니에 담았다. 아이들은 택배가 도착한 후 물건을 뜯을 때마다 "선생님 저희 잘 골랐죠?", "이거 제가 시켰어요!"라고 말하며 초롱초롱한 눈빛을 보냈다.

입학식 전날에는 상장받는 연습도 했고, 게임 시뮬레이션도 해 보았다. 마침내 7월 7일 럭키데이 입학식이 다가왔다. 당일에는 아이들이 구매한 파티용품으로 강당을 예쁘게 꾸몄다. 학부모님께서도 몇 분 와주셨는데 감사하게도 아이들의 인원수대로 꽃다발까지 준비해주셨다. 꽃다발을 전해주시며 "아이들의 말을 지나치지 않으시고 입학식을 해주셔서 감사드려요."라고 말씀하셨는데, 울컥하시는 모습에 나도 눈물이 나려 했다. 강당에서 우리만의 입학식을 하는 것을 허락해주신 교장 선생님께도 감사했다.

보통의 입학식처럼 우리는 애국가 제창과 국기에 대한 경례를 하며 행사를 시작했다. 그 후 한 명씩 단상에 올라오면 입학증서와 상장을 수여했다. 한 학생이 입학증서와 상장을 받으면 바로 뒷번호 친구가 올라와서 사진을 찍어주었다. 그리고 상을 받은 학생들이 소감을 한마디씩 할 수 있는 시간을 주었다. 몇몇 학생은 부끄러워서 우물쭈물 말했으나, 들뜨고 상기된 아이들의 표정이 느껴졌다. 그런데 입학증서에는 아이들의 학년을 1학년으로 기록하고 상장에는 4학년으로 기록했더니, 참관해주시던 운전기사님께서 "상장에 4학년으로 잘못 나와 있어요~"라는 말씀을 해주셨다. 이에 나는 "입학증서는 1학년으로 적었지만, 상장은 4학년 담임으로서 주고 싶어서 그렇게 만들었어요~"라고 답했다.

# 입학증서

알록달록 1학년 1반
성명 OOO

위 학생은 코로나 시국에 본교에 입학하였으나
성실하게 학교생활을 하였기에,
뒤늦은 입학증서를 수여하여 칭찬합니다.

20XX년 3월 2일
1학년 1반 담임교사 장홍영

땡동! 작은 학교입니다

상장의 이름은 아이들의 특성을 살려 만들었다. '모자가 잘 어울리는 두상, 시계였던 관상, 신체 능력 최상, 널 생각해 항상, 마법 천자문 상, 널 보면 비상, 아침 일찍 기상 학교 오면 밥상, 에너지 상상 그 이상, 양파 손씨 상, 너의 애교에 치명상, 기발한 발상' 등이다.

한동안 아이들은 상 이름이 마음에 들었는지 다양하게 상 이름을 활용했다. 띵커벨이나 카훗 퀴즈를 풀 때 상 이름을 닉네임으로 사용하는 아이도 있었다. 상은 2부를 코팅해서 하나는 아이들에게 배부하고 하나는 한 학기 동안 복도 창문에 붙여두었다. 잃어버리는 학생도 있을 것 같아서 학급문집에도 상장 사진을 실었다. 그랬더니 학급문집에 실린 상장을 본 학생은 "선생님, 저희 상장 엄청 많아요!"라고 말하며 기뻐했다.

우리 만의 입학식이 끝난 후엔 전교생을 초대해서 장사존, 그림존, 게임존, 미로존을 운영했다. 초대받은 학생들이 초대장을 들고 입장하면 나는 우리 반 화폐인 컬러를 나누어주었다. '알록달록 4학년'은 4모둠으로 나뉘어 맡은 바 최선을 다하고 있었다. 게임존에서는 다양한 놀이를 진행했고, 그림존에서는 상황에 알맞은 그림을 그려야 했다. 미로존에서는 방탈출처럼 학생들이 출구를 찾아 나가야 했고, 장사존에서는 말 그대로 물건을 판매했다. 장사존에는 아이들이 자발적으로 기부한 옷, 액세서리, 문구류 등과 함께, 내가 사 온 포켓몬 카드나 간식거리가 있었다. 현금으로는 절대 구입할 수 없고, 입장할 때와 4개의 존을 이동하며 받은 우리 반 화폐(컬러)로만 장사존의 물건을 구입할 수 있었다. 시간이 지날수록 아이들은 지쳐갔지만, 그때의 추억은 모두에게 행복한 기억으로 남은 것 같다.

4학년이 끝나갈 즈음 입학식 단체 사진을 본 한 아이는 "선생님, 저 이때 선생님께 너무 감사했어요."라며 큰 소리로 말했다. 나처럼 덜렁대서 자주 다치던 아이였기에, 칭찬보다 조심하라는 충고를 많이 했던 아이였다. 더 칭찬해주지 못해 미안했던 아이에게 그런 말을 들으니 선물을 받은 기분이었다. 또한 일 년이 지난 후 한 아이는 다음과 같은 문자를 보내주었다.

"선생님. 7월 7일 럭키데이 잘 보내고 계신가요? 저는 잘 보내고 있어요. 작년 오늘 있었던 입학식은 잊지 못할 기억인 것 같아요! 작년 그 입학식이 벌써 1년이나 지났다는 게 잘 안 믿겨지기도 해요. 작년에 선생님과 함께 했던 그 많은 순간들도 그립기도 하고요. 선생님 감사합니다. 보고 싶어요!"

나도 7월 7일 럭키데이가 다가오자 '알록달록 4학년'이 떠올랐는데, 이 아이의 문자 덕에 아이들과 함께 했던 추억들이 더 소중히 느껴졌다.

코로나 때문에 하지 못했던 입학식을 늦게나마 할 수 있었던 건 작은 학교라는 환경 덕분이었다. 물론 큰 학교에서도 가능할지도 모른다. 그리고 작은 학교와는 또 다른 행복들이 가득할 것이다. 하지만 이런 행사는 우리이기에 할 수 있었다는 생각에 더욱 뜻깊은 하루였다.

# 얼떨결에
## 파자마 파티

3월부터 아이들이 반복해서 외쳤던 활동이 있다. 바로 파자마 파티였다. 하지만 학교에서 하룻밤을 잘 수 있는 게 아니라서 어떻게 해야 할지 오랫동안 고민했다. 결국 우리는 잠옷이나 편한 옷을 챙겨 와서 우리만의 파자마 파티를 열기로 했다. 아이들에게는 형식보다 의미 부여가 중요한 것 같기도 하다.

외국도 아니고 유치원도 아닌 초등학교에서 파자마 파티를 하는 걸 좋지 않게 보는 시선도 있을 것이다. 하지만 동료 선생님과 학부모님이 나를 신뢰한다고 믿었기에 학급을 자유롭게 운영할 수 있었다.

아침에 등교해서 귀여운 잠옷을 갈아입은 한 학생은 "올해 기억에 남는 추억을 정말 많이 쌓았어요. 선생님 덕분에 일 년이 알차게 꽉 찼어요. 너무 행복해요!"라고 말했다. 민원의 두려움도 있었지만, 아이들이 좋아하는 모습을 보며 파자마 파티를 하길 잘했다는 생각이 들었다.

하지만 어떤 행사를 할 때 아이들이 모든 것을 준비하도록 하진 않는다. 교사는 가정의 상황을 정확히 알지 못할뿐더러, 여러 여건상 가정에서 필요한 준비물을 챙겨주시지 못할 수도 있다고 생각한다. 그래서 그런 격차가 생기지 않게 하기 위해 작은 학교에서는 체험학습 점심 등을 일괄 주문한다. 이처럼 학급 행사를 할 때 교사가 모든 걸 다 준비할 수 없다면 아이들과 충분한 논의를 해야 한다. 그래서 큰 학교보다는 학생 수가 적은 작은 학교에서 소소한 행사를 더 많이 할 수 있는듯하다.

나는 학생 개개인의 삶에 깊게 빠지는 경향이 있어서 아이들 수가 많으면 뇌에 과부하가 걸린다. 아이들은 내게 가정, 학교, 학원, 센터 등에서의 삶을 복합적으로 이야기한다. 그 모든 것들은 다양하게 엮여 아이를 지도할 때 적재적소에서 떠오른다. 하지만 큰 학교에 근무하는

지인들은 "학생이 많으면 학생들끼리 놀아서 나한테 본인 얘기하러 잘 안 와."라고 말하곤 한다. 학생들이 쉬는 시간마다 조잘조잘 이야기하는 걸 들어주는 것은 힘들지만, 막상 나에게 너무 안 오면 섭섭할 것 같다. 이런 나는 욕심쟁이일까?

땡동! 작은 학교입니다

# 마음이
## 몽글몽글해진 날

    갑자기 추워진 가을, '질문이'란 직업을 가진 아이가 '오늘 많이 추운가요?'라는 질문을 냈다. 한 아이를 빼고 모두 '그렇다'에 이름표를 붙여두었다. 여느 10월처럼 이때도 일교차가 심했다. 낮에는 햇살이 따뜻했지만, 아침은 벌써 겨울이 온 듯 유난히 추웠다. 이맘때부터 아이들의 아침 인사는 "선생님 너무 추워요."였다. 반대로 여름의 아침 인사는 "선생님, 너무 더워요! 에어컨 틀어져 있어요?"였다. 날이 추워지면 기침하는 학생도 있고 열이 나는 학생도 많다. 그런 아이들을 보면 "공부도 인성도 중요하지만, 건강하게 2학기를 마무리합시다."라고

사랑이라는 열매

219

말하게 된다.

어느 도덕 시간엔 '나에게 소중한 12가지'를 떠올려 보게 했다. 6.25 전쟁 당시 사람들이 느꼈을 공포감과 비극 등의 감정을 조금이나마 이해하기 위해서였다. 우리는 전쟁 당시의 피난민이 되어 자신에게 소중한 것들을 순서대로 하나씩 버리는 활동을 했다. 아이들이 소중하게 여겼던 것은 음악, 여유로운 하루, 인형 등 애착 물건, 가족, 선생님, 친구, 자기 자신, 휴대폰, 컴퓨터, 이불, 축구, 에어컨 등으로 다양했다.

몇몇 학생들에겐 이 활동이 크게 와닿았던 것 같다. 2가지의 종이만 남아 하나를 버려야 했을 때, 외할머니와 엄마가 남은 학생은 눈물을 흘렸다. 그 모습을 보며 나도 눈물이 나오려 했다. 나중에는 선생님을 버려서 죄송하다며 고해성사를 하는 학생마저 속출했다. 결국 나는 "가족과 선생님이 남으면 당연히 선생님을 버려야지."; "선생님이 소중한 12가지에 속해있는 것 자체가 감동이에요."라고 말하며 아이들을 위로했다. "이렇게 슬픈 건 이제 안 했으면 좋겠어요."라고 말한 학생도 있었다.

감성이 메마른 줄 알았던 요즘, 아이들이 그런 감정을 느껴준 자체에 감사했다. 마지막 하나만 남았을 땐 버렸던 11조각의 종이를 주운 후, 처음에 썼던 12조각의 소중한 것들을 모두 공책에 붙이게 했다. 아이들은 "어서와! 빨리 다시 와!"라고 말하며 마음 아프게 버렸던 종이들을 소중하게 붙였다. 아이들이 종이를 종이 그 이상의 것으로 느끼는 것 같았다. 아이들이 일상의 소중함을 알게된 걸까.

예나 지금이나 통일에 관련된 수업을 사회, 도덕, 창의적 체험활동 등에서 하게 된다. 그런데 내가 만난 대부분 아이는 통일을 하면 우리가 불리해질 것으로 생각해서 통일을 긍정적으로 보지 않았다. 그 때문에 통일에 관한 찬반 토론을 하면 대부분 반대 역할을 원해서 토론이 원활히 이루어지지 않는다.

나는 중립적인 태도로 최대한 아이들이 다양한 의견을 나눌 수 있도록 노력하지만, 가끔 격한 반응이 나오면 당황스럽기도 하다. 통일을 주제로 하는 수업은 상당히 어렵다. 하지만 활동하며 감성이 자극되었기에, 이번 수업은 나에게도 아이들에게도 여러모로 의미가 있었다고 생각한다.

우리 반 직업 중엔 '만들기 미니 선생님'이 있다. 이 직업을 가진 학생들은 만들기 활동에 서툰 친구를 돕는다. 나는 만드는 활동에 소질이 없어서 만들기 미니 선생님들의 존재가 너무 감사했다.

크리스마스 직전엔 아이들과 만들려고 사둔 미니 트리 키트를 꺼냈다. 3학년 때 배운 내용이라고 생각해서 키트를 구매했는데 열어보니 내용물이 복잡했다. '소리에 반응하는 크리스마스트리' 만들기 첫 단계에서는 전자부속 세트를 보드에 끼워야 했다. 그것부터 너무 어려워 보였지만 힘들어하면서도 포기하지 않고 완성품을 만든 아이들이 기특했다. 하지만 소리를 내면 트리에 불빛이 켜져야 했는데 그 누구의 것도 불빛이 켜지지 않았다.

나는 트리가 예쁘고 비싼 쓰레기가 되는 걸 막기 위해 아이들과 함께 원인을 찾기 시작했다. 미리 만들어 본 후 수업하면 지도할 때 유의할 점을 쉽게 알아낼 수 있다. 하지만 예산에 맞춰 학생 수대로 키트를 구매했기에 사전에 해 볼 수가 없어서 아이들에게 정확한 도움을 주기 어려웠다. 그런데 한 아이가 불을 켜는 데 성공했다. 그러자 그 아이가 다른 학생을 도와주고, 다른 학생이 또 다른 친구를 도와주며 점차 불이 켜지는 트리가 늘어나기 시작했다. 마치 크리스마스의 기적 같았다.

나 혼자 트리를 만들었다면 솔직히 포기했을지도 모른
다. 하지만 끈기 있는 학생들 덕분에 트리를 완성할 수 있
었다. 끝까지 도전해서 성공한 '알록달록 4학년'이 참으
로 멋있고 자랑스러웠다.

남녀 또는 개인의 특성이겠지만 내가 만난 대다수 남학
생은 과학 시간과 만들기를 좋아했다. 반면 대다수 여학
생은 음악 시간과 그림을 그리는 것을 좋아했다. 그런데
음악이나 미술 시간에 쉽게 포기를 하던 남학생들이 크
리스마스트리에 소리를 내는 미션은 먼저 성공을 했다.
나는 그런 학생들의 성공을 보며 자신이 좋아하는 것에
집중해 끝까지 문제를 해결하려는 의지를 배울 수 있었
다. 때로는 어른이 아닌 어린이에게 많은 것을 배우곤 한
다. 어른도 아이의 거울이지만, 아이도 어른의 거울이다.

# 난장판이 될수록
# 행복한 교실

어릴 적 촉감놀이를 하거나 장난감을 가지고 놀며 집 안을 어지럽혀 본 적이 있는가. 직접 해 보지 않았더라도 SNS 등에서 한 번쯤 접해봤을 것이다. 우리 반 아이들은 집을 어지럽히면 부모님께 혼이 난다고 했다. 그래서 교실을 마음껏 어지럽히며 자유롭게 활동하는 것을 좋아했다. 난장판이 될 확률이 높은 수업 시간은 미술과 과학이다. 호기심이 많은 아이들은 크레파스나 물감을 만지다 얼굴에 문지르고는 안 지워진다며 당황하기도 하고, 수채화 수업 등을 미리 안내해도 까먹어서 아끼는 옷에 물감을 묻히기도 한다. 그러면 괜히 학부모님께 죄송

땡동! 작은 학교입니다

함을 느낀다.

어느 날은 석고 가루로 덮인 화석 발굴 키트를 부수는 활동을 했다. 석고 가루가 흩날려 교실이 뿌옇게 흐려지자 눈앞이 캄캄했다. 청소 걱정이 되었기 때문이다. 하지만 화석을 발굴하기 위해 석고를 부수고 파헤치는 아이들은 해방감을 느끼는 것 같았다. 그래서 더는 뒷일을 생각하지 않고 아이들이 행복해하는 모습을 지켜보았다.

초코칩 쿠키에서 초코칩을 발굴하는 활동은 석고처럼 무수한 가루들이 떠다니지 않는다. 그래서 신문지를 깔고 하면 아주 안전하게 할 수 있다. 이 활동은 4학년 학기 초 과학 준비물이 마련되어 있지 않을 때 동기유발로 했던 것인데, 이쑤시개로 진지하게 초코칩을 빼던 아이들의 태도는 여느 과학자 못지 않았다. 쿠키를 사 온 나에게 "선생님, 저희를 위해 쿠키를 사오시다니 최고예요!"라고 말하며 아낌없는 박수를 보낸 학생도 있었지만, "선생님…. 그냥 먹으면 안 돼요?"라며 쿠키를 먹고 싶어 하는 아이들도 있었다. 그 마음도 충분히 이해가 갔지만, "지금은 먹는 과자가 아니라 실험 재료로 봐주세요."라고 설명했다. 초코칩 발굴 활동이 끝난 후, 쿠키의 밀가루 부분은 지층이고 초코칩과 초코칩을 파낸 부분이 화석이란 걸 이해시키려 했다. 설명을 한참 하는데 갑자기 "너무 재밌었어요!"라고 소리치는 학생도 있었고, "먹을 걸로 장난치면 엄마한테 혼나요…."라고 말한 학생도 있었다. 물론 이 학생도 활동에 열심히 참여했다.

아이들은 발굴한 초코칩 중 가장 마음에 드는 것을 골라 이름을 지었다. '알록달록 4학년'의 초코칩 화석은 며칠간 복도에 전시되기도 했다. 12개의 초코칩 이름은 '네모네모, 짱구, 달알이, 빠꾸빠꾸사우르스, 마플, 알달이, 세모세모, 점빅초코, 밀크, 콩순이, 하늘나라초코칩, 언젠가밀크꼭이긴다'였다. 이름만 봐도 그때의 초코칩 모양이 떠오른다. 아이들의 작명 센스가 돋보이는 활동이었다.

아이들이 자석으로 하는 활동도 좋아할 것 같아 철 가루도 구매했다. 그런데 철 가루가 저렴해서 배송비가 더 들었다. 하지만 한 학생이 "1학기에 한 수업 활동 중 지금 하는 자석으로 철 가루를 분리하는 게 가장 재밌어요."라고 말하는 걸 듣자, 돈이 전혀 아깝지 않았다.

창의력이 넘치는 아이들은 자석과 철로 온갖 모양을 만들었다. 비닐장갑에 들어있는 자석에 철 가루를 머리카락처럼 붙여 네임펜으로 눈코입을 그리기도 했고, 머리

떵동! 작은 학교입니다

카락을 뒤집으니 수염이 되었다며 깔깔 웃기도 했다. 하지만 신문지를 깔고 활동했는데도 교실 바닥에 가루가 흥건했다. 발령 동기 선생님의 조언대로 자석을 비닐장갑 안에 넣어서 썼지만, 자석이 비닐을 뚫고 나왔는지 별 소용이 없었다. 그 때문에 정리하는 데 상당한 시간이 걸렸다. 이런 실험을 한 번 하면 정리가 무서워 다시 도전하기가 살짝 겁이 난다.

교사는 성취 기준을 충족한다면 교과서에 없는 활동도 많이 한다. 수업을 고민하고 준비할 때 많은 에너지가 필요하지만, 배움의 기쁨을 느끼는 아이들의 표정을 보면 그간의 수고는 씻겨 내려간다. 행복으로 가득 찬 피드백을 받으면, 또다시 교실을 난장판으로 만드는 무모한 도전을 하게 될지도 모른다.

# 매일 반성하고
## 검열하는 직업

    남과 비교하는 건 나에게 해롭다는 걸 알기에, 나는 되도록 남이 아닌 어제의 나와 지금의 나를 비교하려 애쓴다. 하지만 뭐든 척척 잘하시는 선생님들을 볼 때마다 주눅이 든다. 선생님 중엔 인성과 교과 지식은 물론이고 예체능 실력마저 뛰어난 분들이 많다. 학생들은 그런 멋진 선생님들과 공부하며 인성을 형성해 나간다. 그리고 나는 그런 선배님들을 존경한다.

    출퇴근하며 운전할 때나 주말에도 나의 머릿속은 아이들로 꽉 차 있다. 쉴 때는 나 자신에게만 집중하고 싶지만, 반성이 습관이 되었다. '이런 말은 하지 말걸.', '조금

땡동! 작은 학교입니다

더 많은 대화를 나누며 마음에 공감해 줄걸.', '다른 방식으로 행동을 바꿔주기 위해 노력해 볼걸.', '다른 방식으로 가르칠걸.'과 같이 생각하며 교실에서 언행을 수정해 나가다 보면 어느새 일 년이 훌쩍 지나간다.

교사마다 각자가 중시하는 가치와 교직관이 있을 것이다. 그래서 선생님의 수만큼 다양한 학급 운영 방식, 수업 방식, 평가 방식이 존재한다. 학부모가 자녀의 담임교사를 다른 반 교사와 비교하기보다 믿고 지지해준다면 담임교사는 뜻깊은 교육 활동을 더 많이 할 수 있게 될 것이다. 나는 원칙주의자이지만, 어쩔 수 없는 상황에서는 유연성을 발휘하기에 엄격한 틀은 정하지 않는 편이다. 그래서 의견이 다른 선생님들 사이에 있으면 혼란스럽다. 모든 분의 입장이 이해되기 때문이다.

에너지 넘치는 아이들과 함께하다 보면 체력이 약한 나는 빨리 지친다. 그때마다 미안한 마음이 들었는데, 최근에야 왜 그런 마음이 드는지 알게 되었다. 나의 마음이 부모의 마음을 좇고 있었기 때문이었다. 낳아주시고 길러주신 부모님에 비할 만큼은 아니겠으나, 학교에선 내가 아이들의 보호자라는 생각을 한다. 그래서 1년 내내 반성의 밤을 지새우는 듯하다. 다행히 최근엔 12월에 졸업식을 해서 아이들을 보지 않는 휴식기가 길어졌다. 아이들과 만날 일이 없으니 아이들 생각을 덜 하게 되어 뇌가 쉴 시간이 생긴 것이다. 교사에게 겨울방학은 새로운 시작을 위해 꼭 필요하다.

JTBC 예능 '뭉쳐야 찬다3' 15회에 히딩크 감독님이 출연하셨다. 2002 월드컵 당시 히딩크 감독님께서는 선수의 부족한 점을 알아도 대놓고 이야기하지 않고, 행동으로 선수를 단련시켰다고 한다. 그리고 선수를 전적으로 믿어주었다. 그에 보답하듯 2002 월드컵 출전 선수들은 멋진 성과를 보였는데 이번 방송에서도 그런 모습이 보였다. 그 모습을 보니 우리 아이들이 떠올랐다.

나도 전적으로 아이들을 믿어주고 칭찬만 해주고 싶다. 하지만 '아이들의 바른 성장을 위해서'라는 명목으로 잔소리를 자주 하게 된다. 하지만 아이들은 혼을 내지 않는 교사에게 "우리 선생님은 착해.", "우리가 말해봤자 선생님은 해결해 주지 않아."라고 말하며 선생님을 무능하거나 무섭지 않다고 간주하기도 한다.

교실 전체의 분위기에 따라, 학생 개별 특성에 따라 카멜레온처럼 다양한 방식으로 교육하고 싶다. 하지만 사람마다 특성이 다르기에 한 명의 어린이와 소통하는 일은 기계처럼 정확한 매뉴얼이 없다. 따라서 아이들을 위한 나의 공부는 영원히 끝나지 않을 것 같다.

종업식을 앞두고 '알록달록 4학년'을 생각하며 일기를 썼다.

---

안녕, 아가들!

학급문집에 단체로 편지를 썼지만, 조만간 개별로도 편지를 쓸게. 반 학생이 아닌 조카처럼 만났으면 예쁜 너희에게 매일 칭찬만 했을 거야. 하지만 나쁜 말과 행동을 하는 모습이 보이면 선생님은 꾸중할 수밖에 없었어. 사회는 혼자 사는 게 아니기에 늘 배존예(배려 존중 예의)를 강조하며 특히 12월은 칭찬보다 잔소리를 많이 한 것 같아. 이제 이별이니까 조금이라도 너희가 사회에서 외롭지 않도록 도와주고 싶어서 조급해졌었어. 하지만 너희의 방학식은 완성이 아니라 5학년으로 가는 과정이기에 이번 주는 칭찬만 가득하기로 다짐해 봐.

등교하며 첫인사를 할 때, 하교하며 헤어질 때, 남은 4일이라도 시작과 끝에 사랑을 담은 칭찬을 가득하며 너

희의 자신감을 북돋아 줄게. 너희의 인생이란 컵에 물을
따르는 과정에서 나와의 1년이 한 방울의 성장이라도 됐
길 소망해. 아가들, 메리 크리스마스!

---

땡동! 작은 학교입니다

# 아이들에게 받은
# 꽃다발

　이 해에는 종업식과 졸업식을 동시에 했다. 지금까지는 2월 개학이 있어서 2월에 졸업식을 했는데, 처음으로 12월에 졸업식과 종업식을 하게 된 것이다. '알록달록 4학년'의 종업식에 맞춰 아이들에게 줄 금메달 모양의 초콜릿을 준비해 두었다. 금메달은 학생들이 3월에 써둔 '12월의 나에게 보내는 타임캡슐 편지'와 함께 나눠주었다. 타임캡슐 편지 뒷장엔 개별 아이들에게 하고 싶은 메시지를 몇 줄씩 써두었다. 그리고 폴라로이드 카메라로 아이들과 한 명씩 사진을 찍었다. 그런데 카메라 필름을 교체할 때 실수로 필름을 반대로 끼워버렸다. 그랬더니 필름이 기계에 끼어서 빠지지도 들어가지도 않았다. 우여곡절 끝에 아이들의 도움으로 필름을 빼내서 카메라를 다시 사용할 수 있었다. "선생님. 이제 필름 거꾸로 끼우지 마세요! 알았죠?"라고 말하는 아이의 말투는 꼭 자신보다 어린아이에게 말하는 것 같았다.

종업식 날엔 한 해를 정리하며 새로운 해를 맞이하는 활동을 했다. '우리 반의 1년 초성 퀴즈', '내년에 올 행운 뽑기', '신나는 음악 퀴즈' 등을 함께 하며 무사히 보낸 우리의 1년을 자축했다. 그리고 '문어의 꿈'을 개사한 '초딩의 꿈'으로 6학년 졸업식 축하 공연도 했다. 아이들은 간주 구간에 무대 밑으로 내려가 6학년에게 머리띠와 간식 선물을 건넸다. '알록달록 4학년'의 축하 무대와 영상을 본 분들께서 칭찬을 많이 해주셔서 뿌듯했다. 또한 작년 제자들의 졸업식에서 졸업장 수여를 도울 수 있음에 감사했다. 종업식이 되면 무탈하게 또 1년이 끝났다는 생각에 마음이 홀가분하다. 하지만 아이들에게 더 잘해주지 못해 미안한 마음이 들기도 한다.

종업식을 마치고 신나게 퇴근하고 싶었지만, 교실에 짐을 두고 간 학생들이 많았다. 아이들이 떠나기 전 한 번 더 확인을 안 한 내 실수였지만, 한편으로는 한 달 내내 미리 짐을 챙겨 가라고 했는데도 두고 간 아이들이 야속했다. 더는 내 탓을 하기 싫어서 아이들의 성향과 성격 탓이라고 여기며 마음을 가라앉혔다. 그리고 '1년은 생활 습관을 바꾸기에 짧은 기간일 수 있지. 내년이 되면 더 잘하겠지?'라고 생각하며 아이들을 응원했다.

　사물함과 책상 서랍에 끼인 쓰레기를 꺼내며 청소도 하다 보니 퇴근 시간이 점점 늦어지고 있었다. 방학식엔 아이들처럼 일찍 집에 가고 싶은 마음이 굴뚝같다. 하지만 이번 방학엔 학교에 자주 가지 않아서 청소를 깨끗이 해야 마음이 편할 것 같았다. 힘을 짜내 퇴근을 서두르던 중 책상 위에 놓인 꽃다발이 눈에 들어왔다.

　종업식 날 아침, 주차장에서 만난 통학버스 기사님께서 "선생님 꽃다발 받으셨어요? 아이들이 아침에 들고 가더라고요."라며 말씀하셨다. 당시엔 무슨 말씀인지 의아했다. 그런데 등교 시간이 얼마 지난 후 몇몇 아이들이 나에게 꽃다발을 주었다. 6학년 담임도 아닌 4학년 담임을 하며 꽃다발을 받을 줄은 몰랐다. 감사함을 표현할 줄 아는 알록달록이들의 담임을 맡은 행운이 있었기에, 종업식 날 예쁜 꽃다발을 받아볼 수 있었다. 며칠 전부터 꽃다발을 준비했다며 "선생님. 꽃 색깔 예쁘죠?"라며 말하는 아이들이 참 사랑스러웠다. 평소의 나라면 "마음만 받을게. 고마워."라고 말했을 것이다. 하지만 "꽃다발 사려고 엄~청 오래 전부터 용돈 모아서 준비했어요.", "저희가 꽃 색깔도 골랐어요.", "선생님 몰래 꽃다발 들고 오느라 긴장했어요."라고 해맑게 웃으며 말하는 아이들을 보니 받지 않을 수가 없었다. '아이들과 만나는 마지막 날', '내가 학교를 떠날 확률이 높음', '오랫동안 준비했다는 아이들의 정성', 이 3가지를 핑계 삼아 나는 꽃다발을 받아 집으로 왔다. 집에 있는 화병에 옮겨 꽂은 꽃들이 그 어떤 꽃들보다 빛나 보였다.

다음은 종업식 이후 학부모님께서 보내주신 문자다.

---

'선생님~^^ 올 한해 알록달록 맡아 많이 고생하시고 사랑 주셔서 아이들이 잘 자랐습니다. OO이도 선생님 덕분에 더 씩씩해졌습니다.^^ 긴 겨울방학이지만 선생님께서는 또 다음 해를 준비하시느라 바쁘시겠지요. 건강 조심하시고 좋은 일 가득하시기를 바랍니다. 정말 고맙습니다~~~♥'

'선생님 1년 동안 너무나도 감사합니다. 우리 4학년 친구들이 평생 잊지 못할 4학년이 되었어요. 내년에 뵐 수 있을지 모르겠지만 어딜 가시든지 건강 잘 챙기시고요. OO초 친구들 기억 많이 해주시길 바랍니다. 선생님 영원히 잊지 못할 듯합니다. 너무나도 감사합니다. OO이 담임으로 오셔서 너무 감사합니다. 고맙습니다. 사랑합니다.'

---

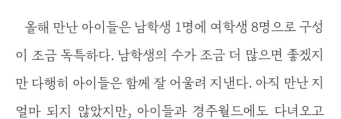

# 새로운 학교에서
# 생긴 일

올해 만난 아이들은 남학생 1명에 여학생 8명으로 구성
이 조금 독특하다. 남학생의 수가 조금 더 많으면 좋겠지
만 다행히 아이들은 함께 잘 어울려 지낸다. 아직 만난 지
얼마 되지 않았지만, 아이들과 경주월드에도 다녀오고
운동회도 하고 나니 제법 가까워진 느낌이 든다.

새로 옮긴 학교에서는 매주 1회씩 반별로 맨발 걷기를
한다. '세잎클로버 5학년'과 함께 걸으니 함께 뛰며 추격
전을 하던 '하하호호'가 떠올랐다. 가끔 새로운 학교에서
옛 제자와 닮은 아이들을 발견한다. 그러면 혼자 추억 여
행에 빠지기도 하고, 반가운 마음에 그 아이들에게 말을

더 걷기도 한다. 그러다 '나만 진심이었나? 그 아이도 잘 지내고 있을까? 내가 먼저 연락하면 부담스럽겠지? 역시 교사는 짝사랑 전문가야!'라는 싱거운 생각을 하기도 한다.

'세잎클로버 5학년'과 처음 맨발 걷기를 한 날엔 비가 왔다. 추위가 걱정돼서 아이들에게 의견을 물어보니 아이들은 땅이 촉촉해서 더 걷기 좋을 거라고 말했다. 한 번도 학교 트랙을 걸어보지 않았던 나는 아이들의 말을 믿고 우산을 들고 나갔다. 그런데 흙이 얼음장처럼 차가웠다. 개학 후 처음으로 양말을 벗고 흙으로 신나게 뛰어든 아이들도 춥다며 아우성을 질렀다. 그 후로도 날씨가 계속 안 좋아서 최근에서야 제대로 된 맨발 걷기를 하고 있다.

'세잎클로버' 아이들과는 1학기 동아리 활동으로 그림책 만들기를 했다. 예산에 제한이 있어서 1인 1권은 만들지 못했고, 아이들 9명의 그림책을 합쳐서 1권의 책으로 10부를 만들어 두었다. 깜짝 선물을 주려고 서랍에 숨겨놨었는데, 아이들이 다른 물건을 찾다 그림책을 발견해버렸다. 김이 새버리긴 했지만, 아이들이 "몰래 봐서 죄송해요. 그런데 너무 재밌어요."라고 말해서 마음을 놓았다.

대부분 아이는 체험학습과 운동회를 오매불망 기다린다. 개학 날부터 "경주월드 언제 가요?", "운동회 언제 해요?"라는 말을 입에 달고 살았다. 경주월드와 운동회가 끝나자 "체험학습 또 가면 안 돼요?", "왜 체험학습 자주 안 가요?"라는 말을 달고 산다. 그런데 경주월드에 가기 이틀 전, 당일에 비가 온다는 예보가 떴다. 하는 수 없이 날짜를 하루 미뤘더니 아이들은 울상이 되었다. 날짜는 미뤄졌지만, 다행히 체험학습 날엔 비가 오지 않아 아이들은 신나는 하루를 보냈다. 반 아이들의 짝을 지어준 후 나는 휴대전화가 없는 아이와 둘이 다녔다. 아이와 함께 기념품 판매장에도 가고 미니 바이킹도 탔다.

그런데 학생들에게 OO이가 없어졌다는 연락이 왔다. 키 제한으로 놀이기구를 못 타는 OO이에게 밑에서 기다려달라고 하고 놀이기구를 탔는데, 내려오니 OO이가 없어졌다는 것이다. 이때 나는 미니 바이킹을 타고 있었다. 그래서 반 아이에게 교사가 놀이기구를 타며 전화를 하는 위험한 풍경을 보여주고 말았다. 바이킹이 앞뒤로 움직이는 동안 내 마음도 요동쳤다. 다행히 OO이를 찾았다는 연락이 왔다. 알고 보니 키 제한을 통과해 혼자 놀이

땡동! 작은 학교입니다

기구를 탔다고 했다. 아이들과 함께 안도의 한숨을 쉬었다. 그 후로 휴대폰이 없던 OO이도 나와 함께 다녔다. 아이들과 범퍼카와 관람 열차를 탔고, 아이들이 뽑기를 하고, 간식을 사 먹고, 총을 사는 것도 구경했다. 신나게 놀아서 피곤할 법도 한데 몇몇 아이들은 하교 후 친구 집에 놀러 간다고 했다. 자동으로 충전되는 듯한 아이들의 체력이 부러웠다.

'세잎클로버'와 함께한 운동회에서는 계주 선수를 팀별로 남녀 1명을 뽑아야 했다. 그런데 우리 반엔 남학생이 1명밖에 없다. 그래서 한 명의 여학생이 남학생의 위치에서 뛰게 되었다. 혼자 여학생이라 부담스러웠겠지만, 즐겁게 경기에 임하는 아이에게 참 고마웠다.

어른들은 아이들에게 운동회 승패보다 최선을 다하는 것이 중요하다고 말한다. 하지만 아이들은 당연히 이기면 더 좋아한다. 나도 그런데 아이들은 오죽할까.

같은 색깔로 판을 뒤집는 게임을 할 때 사회자는 눈대중으로 승패를 정했다. 그런데 2:2의 상황이 되자 마지막 라운드에서는 개수를 세서 승패를 정했다. 최종적으로 진 청팀 아이들은 "처음부터 개수를 세서 정했어야지, 왜 마지막에만 세요!"라며 불만을 토로했다.

또 아이들이 달려와서 바구니를 교사에게 주면, 교사가 탑을 쌓는 게임이 있었다. 나는 고학년 아이들이 달려와서 바구니를 건네주면 탑을 쌓는 역할을 했다. 우리 팀 아이가 달려와야 할 때, 진행 도우미분이 다른 선생님과 말씀을 나누고 계셨다. 선생님께서 아이 어깨에 손을 올리고 계셨는데, 아이는 달려오지 않고 멀뚱멀뚱 서 있었다. 그때부터 상대 팀과 속도 차이가 나기 시작했을 것이다. 우리 팀 아이들은 "저희는 달려가서 선생님께 바구니를 드렸는데, 상대편은 가까운 거리에서 거의 바로 줬어요. 불공평해요."라고 말했다. 그걸 눈치챈 사회자는 "백 팀이 이겼지만, 너무 가까운 거리에서 바구니를 받은 게 사실이죠? 그리고 청팀이 경기 예의가 더 발랐으니 졌지만 청팀에게 점수를 드리겠습니다!"라고 말씀하셨다. 점수를 받았지만 청팀 아이들의 마음은 상할 대로 상해있었다. 나도 청팀이 졌을 때 내 탓인 것 같아 미안한 감정이 들었다. 그런데 백팀 아이들도 억울한 일을 토로했다. 사회자가 갑자기 백팀의 점수를 깎았다는 것이다. 그 말이 사실이라면 아마도 두 팀을 동점으로 만들기 위해 점수를 조절하고 있었던 것 같다.

최근엔 상처받는 아이들을 적게 하기 위한 목적으로 양

팀의 점수를 비슷하게 만드는 게 추세인 것 같다. 하지만 정직하게 점수를 매기는 게 아이들에게 더 도움이 될지도 모른다. 억울해서 우는 아이들에게 "승패는 신경 쓰지 말고 재밌게 즐깁시다."라고 위로했지만 나도 신경이 쓰였다. 애초에 교사들은 청팀과 백팀 구성원의 전력을 비슷하게 구성한다. 그래서 점수 조절을 하지 않아도 점수 차가 크게 나지 않았을 것이다. 정정당당하게 시합하고 정직하게 점수를 매기면, 지더라도 아이들은 충분히 이해할 수 있을 것이다. 하지만 어른들이 마음대로 점수를 바꾸면, 아이들은 어떤 교훈을 얻을 수 있을까.

아이들은 운동회가 끝난 후 학급 신문을 만들며 사회자가 최악이었다며 악평하기 시작했다. 나는 '최선'이라는 미덕뿐만 아니라 '정직'이라는 미덕을 가르쳐주는 게 스포츠맨십이라고 생각한다. 반칙을 당해서 승부에 졌다면 결과를 인정할 수 없을 것이다. 하지만 최선을 다했는데 실력이 부족해서 졌다면 아이들은 멋지게 결과에 승복할 것이다. 상처받지 않도록 좋은 것만 보여주는 것은 아이들에 대한 배려가 아니라고 생각한다. 거짓은 언젠가 들통이 난다.

# 동료 선생님에게서

## 나를 찾다

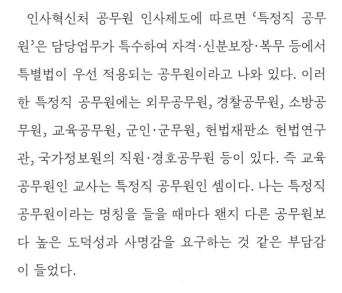

　인사혁신처 공무원 인사제도에 따르면 '특정직 공무원'은 담당업무가 특수하여 자격·신분보장·복무 등에서 특별법이 우선 적용되는 공무원이라고 나와 있다. 이러한 특정직 공무원에는 외무공무원, 경찰공무원, 소방공무원, 교육공무원, 군인·군무원, 헌법재판소 헌법연구관, 국가정보원의 직원·경호공무원 등이 있다. 즉 교육공무원인 교사는 특정직 공무원인 셈이다. 나는 특정직 공무원이라는 명칭을 들을 때마다 왠지 다른 공무원보다 높은 도덕성과 사명감을 요구하는 것 같은 부담감이 들었다.

어떻게 특정직과 특별법을 정했는지는 정확히 알지 못한다. 내가 생각하는 교사 업무의 가장 큰 특수성은 다수의 어린 학생을 교육한다는 점에 있으리라 생각한다. 주로 만나는 대상이 어른이 아닌 아이이기에 교육 방식에 더 많은 신경을 쓸 수밖에 없는 것이다.

누군가가 교육대학교의 어떤 교수님께 "초등학교 내용은 누구나 가르칠 수 있는 것 아닌가요? 그런데 왜 전문가처럼 여겨지죠?"라고 여쭤보셨다고 한다. 그때 교수님은 '많은 수의 초등학생을 온종일 가르치는 것' 자체가 전문성이라고 답하셨다고 한다. 또 전과목을 가르치는 데다 교과 간 '연계'를 통해 아이들을 가르치는 것 또한 초등교사의 전문성이라고 말씀해 주셨다. 나는 힘이 빠질 때마다 교수님의 말씀을 떠올리곤 한다. 같은 아이들을 매일 가르치는 데다 그걸 1년간 반복하는 내가 대단하다며 셀프(self) 토닥임을 하고 나면 조금 숨통이 트인다.

나는 운이 좋아서 좋은 학부모님과 예쁜 학생들을 많이 만났다. 그래서 다른 선생님들의 마음 아픈 사연을 들을 때마다 눈물이 나면서 죄책감이 든다. 동시에 언제 나에게 그런 폭탄 같은 일이 생길까 무섭고 두렵다. 나에게 일어났을지도 모르는 사연들을 듣고 나면,  아이들에게 행복한 마음을 마음껏 표현할 수 없었다.

　대부분 선생님은 모범적으로 학창 시절을 보냈고, 성실하게 교사 생활을 하며, 규칙을 지키는 올바른 사회의 일원으로 살고 계실 것이다. 그래서 그런지 '나만 참으면 문제 될 거 없다.'라는 마음가짐으로 혼자 묵묵히 많은 것을 감내하시는 선생님들이 계시는 듯하다. 나는 자그마한 것에 힘이 들고 지칠 때 동료 선생님들의 존재만으로 큰 위로를 받았다. 동료들과 이야기를 나누면, 요즘 모두의 마음이 힘들다는 사실을 알 수 있다. 나만 힘든 게 아니라는 사실에 위로받기도 하지만, 끝이 보이지 않는 터널에 갇힌 듯 답답해지기도 한다.

　나는 능동적인 사람이 아니다. 그리고 이것도 괜찮고 저것도 괜찮은, 긍정적이면서도 우유부단한 사람이다. 그래서 내 상황을 개선하려 하기보다 순응하고 적응해서 사는 편이다. 하지만 교사의 아픔에 서서 노력하시는 선생님들을 보며 용기를 내려 노력하고 있다. 여전히 나는 모르는 게 많고, 너무 많은 것을 알고 싶지 않은 겁쟁이다. 하지만 내가 교사로 일하는 한, 학생뿐 아니라 교사도 안전하게 있을 수 있는 학교를 만들기 위해 노력해야 한다.

# 성숙해진

# 제자들을 만나다

학교생활에서 빠질 수 없는 이야기는 바로 아이들에 관한 것이다. 책 출간이 결정된 후 옛 제자들이 보고 싶어서 오랜만에 아이들과 연락을 했다. 학부모님께 동의를 구한 후 제일 처음 만난 학생은 첫 제자 명근이다. 둘 다 태어난 곳은 도시였으나 시골에서 함께 학교생활을 했는데, 몇 년 후 도시에서 만나게 되니 감회가 새로웠다. 어느새 훌쩍 자라 190cm가 넘은 명근이에게 "사실 너희와 함께했던 해가 정식으로 처음 선생님을 했던 해였어. 더 잘해주지 못해서 아직도 미안한 마음이 많이 남아있어." 라고 고백했다. 내 이야기를 들은 명근이는 "전혀 처음이

신 줄 몰랐어요."라며 쿨하게 대답했다.

6학년 졸업을 앞두고 운동선수의 길로 나갈지 다른 길을 찾을지 고민하던 게 엊그제 같은데, 명근이는 어느새 청소년 육상 국가대표가 되어 있었다. 운동뿐 아니라 공부도 열심히 하고 반장까지 하고 있다는 이야기를 들으니 이렇게 멋진 제자와 함께했던 과거가 영광스럽게 느껴졌다. 명근이는 작은 학교에서 텃밭을 가꿨던 일과 음악 동아리를 했던 추억을 떠올렸다. 내가 운영했던 음악 동아리는 3~6학년에서 학년별로 1명씩 모여 총 4명으로 구성되었다. 우리는 BTS의 'Answer : Love Myself'를 무수히 반복해서 불렀고 멜로디언으로 연주도 했다. 가사가 좋아서 아이들에게 들려주고 싶던 노래였는데, 명근이는 이 노래가 좋아서 아직도 듣는다고 했다. 반복 학습의 힘을 느꼈다. 6학년 때 특별한 활동을 많이 못했음에도 명근이는 나와의 추억을 즐겁게 간직하고 있었다. 아마도 초등학교 마지막 담임이라는 특권 덕분인 것 같다.

명근이는 본인이 가진 신체조건의 장점과 재능을 살려 높이뛰기 기록을 갱신하기 위해 노력중이다. 명근이가 한국 신기록을 깨고 국제 시합에 출전하겠다는 목표를 이루기를 나 또한 간절히 바란다. 앞으로는 6학년 담임교사 외에 한 명의 팬으로서 후배들이 '제2의 오명근'을 꿈꾸게 되기를 응원하려 한다.

두 번째로 만난 아이들은 처음으로 반 이름을 지었던 '하하호호 5학년'이다. 5학년이 끝난 후에도 태양이와 영희에게 가끔 연락을 받았지만, 완전체 6명과 밥을 먹는 건 처음이었다. 오랜만에 아이들을 만나니 '하하호호 5학년' 담임을 했던 시절로 돌아가는 기분이 들었다.

감기에 걸렸음에도 예쁘게 화장을 하고 온 영희는 여전히 해맑았고, 내가 좋아하던 간식을 사기 위해 마트에 들렀다 온 제희도 사랑스러웠다. 독특한 사고방식으로 항상 날 웃게 해주던 민호는 여전히 의젓했고 예의가 발랐다. 다른 두 남학생은 "주말에 학교까지 나오기 귀찮았지만 치킨 먹으러 왔어요."라고 말했지만, "선생님께서 주신 샤프를 학교에 두고 와서 다시 가지러 갔다 왔어요."라며 내가 준 선물을 소중히 간직해 주었다.

밥을 먹고 아이들과의 추억을 간직하기 위해 폴라로이드 사진을 찍었다. 정자로 또박또박 쓴 편지를 건네주던 태양이는 "부모님께 사진 자랑해도 돼요?"라며 예의 있게 나의 의사를 물어보았다. 그 모습이 참 대견했다. 밥만 먹고 헤어지기는 아쉬워서 학교 근처에 유일하게 있는 카페에 갔다. 다방을 개조한 것 같기도 한 이곳에는 아이들이 먹을 메뉴가 하나 정도밖에 없다. 그래도 아이들은 무한 리필을 해주던 강냉이와 함께 음료를 맛있게 먹었다.

아이들은 올해 담임 선생님이 무척 좋은 분이라며 일과 후에 모여 생일 선물도 준비했다고 말했다. 이렇게 아이들의 사랑을 듬뿍 받고 계신 담임 선생님께서도 나처럼 아이들 덕분에 행복하실 것 같다는 생각을 했다. '하하호호' 아이들의 주된 고민은 고등학교 진학이었다. 면 소재지에 고등학교가 없어서 어떤 학교로 진학할지 모르겠다는 것이다. 시골과 작은 학교의 현실을 마주하니 어떠한 말도 해줄 수가 없었다. 학교에서 멀리 떨어진 곳에서 통학버스를 타고 등교하는 아이들이 그저 기특하게 느껴졌다.

담소를 나눈 후 4명의 아이를 집까지 차로 데려다주었다. 어느새 덩치가 커져 내 차를 꽉 채운 아이들을 보니 내가 낳은 자식도 아닌데 흐뭇했다. 자기 나이에 맞게 잘 자라고 있는 아이들을 보면 계속해서 현재의 아이들을 지도할 힘이 난다. 내가 지은 이름처럼 '하하호호' 아이들이 늘 웃을 일만 가득했으면 좋겠다.

띵동! 작은 학교입니다

마지막으로 만난 아이들은 처음 연구부장을 맡았던 두 번째 학교에서 만난 '비타민씨 5학년'이다. 6명의 아이들은 3곳의 중학교로 흩어져서 다 함께 모이는 것이 오랜만이라고 했다. 그래서 그런지 음식이 나왔는데도 아이들은 묵혀 두었던 이야기를 쏟아냈다. "너희 화장해도 돼?"라고 묻는 친구의 말에 "선생님께서 체험학습 갈 땐 화장해도 된다고 허락해 주셨어."라고 말하는 아이를 보며 외모에 관심이 커진 아이들의 모습이 신기했다[13].

　여자 7명은 결국 치킨 3마리를 다 먹지 못하고, 학교 근처에 생긴 프랜차이즈 카페에 갔다. 다운이는 혹시나 해서 챙겨왔다며 학급문집 출판 기념회 때 사용했던 사진 초대장과 '김다윤' 자석 이름표를 꺼냈고, 미리 써온 편지도 건네주었다. 글솜씨가 좋던 혜빈이도 이에 질세라 편지를 꺼냈다. 지나간 담임을 생각해 주는 아이들의 마음이 너무 소중해서 약간은 먹먹해졌다. 요즘 아이들의 관심사가 궁금해서 "좋아하는 거 있어?"라고 물어보았다. 정말로 이 대답을 원한 건 아니었는데 대부분 아이가 "선생님이요."라고 말했다. 또 한 번 이런 사랑을 받을 수 있음에 감사했다. 교사가 아니었다면 이런 순수한 사랑을

---

13　아이들의 이야기를 듣고 있자니, 나이 많은 선생님과 놀아주는 제자들에게 고마웠다.

알지 못했을 것이다.

알파 세대에게 스트레스를 주고 싶지 않지만, 나이를 먹어버린 MZ 선생님은 아이들의 꿈이 궁금했다. 진희와 혜빈이는 초등학교 때와 마찬가지로 각각 초등학교 교사, 가수가 되고 싶다고 했다. 예랑이는 전교 1등, 다윤이는 펫고등학교 진학과 더불어 인테리어 디자이너, 채영이는 경찰이 되고 싶다고 했다. 그런데 지은이는 꿈이 없는데 어른들이 자꾸 꿈이 뭐냐고 여쭤보셔서 부담감이 생겼다고 한다. 지은이의 말을 듣고 또 한 번 반성하게 되었다. 아이의 입장에서 생각하고 말하려고 노력하지만, 내가 아이가 아니기에 좀처럼 쉽지가 않다.

초등학교 때 기억에 남는 것을 물으니 아이들은 '6학년 졸업식 축하 공연, 사회 시간, 수학여행, 현장 체험학습' 등을 꼽았다. 덧붙여 아이들은 "선생님 덕분에 5학년을 잘 보낼 수 있었어요.", "뜬금없지만 더 예뻐지셨어요.", "선생님, 사랑하고 재밌고 행복했어요!"라며 나에게 달콤한 말들을 선물해 주었다. 처음으로 학교를 이동한 곳에서, 처음 연구부장을 맡고, 시수가 가장 많은 5학년 담임을 했지만 '비타민씨 5학년'과 함께했던 해는 행복 그 자체였다. 아이들과 다시 만나니 그때의 감정이 되살아

땡동! 작은 학교입니다

났다. 밝고 사랑스러운 '비타민씨' 아이들은 많은 사람에게 긍정적인 기운을 전달해 줄 것이다.

아이들은 자라면서 여러 가지의 좌절과 시련을 겪게 될 것이다. 그 과정에서 단단하게 성장하게 되겠지만 사랑하는 나의 제자들은 조금만 아파했으면 좋겠다. 그러곤 언제 그랬냐는 듯 훌훌 털고 일어나 씩씩하게 세상을 살아내기를 소망한다.

"나는 믿어! 너희는 무조건 잘 될 사람이란 걸!"

# 시간이 지날수록
## 빛나는 학교

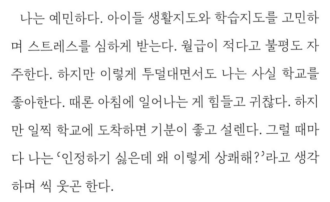

　나는 예민하다. 아이들 생활지도와 학습지도를 고민하며 스트레스를 심하게 받는다. 월급이 적다고 불평도 자주한다. 하지만 이렇게 투덜대면서도 나는 사실 학교를 좋아한다. 때론 아침에 일어나는 게 힘들고 귀찮다. 하지만 일찍 학교에 도착하면 기분이 좋고 설렌다. 그럴 때마다 나는 '인정하기 싫은데 왜 이렇게 상쾌해?'라고 생각하며 씩 웃곤 한다.

　아이들과 함께하는 시간은 정말 빠르게 지나간다. 체력이 약한 나는, 매일 아이들과 생활하는 것이 매일 운동회를 하는 것처럼 느껴진다. 그만큼 에너지가 소모가 심하

　　　　　　　　　　　　　띵동! 작은 학교입니다

다. 그래서 아이들이 무사히 하교한 후 안도의 한숨을 쉴 때 입에서 영혼이 빠져나가는 것 같다. 그럴 땐 다크 초콜릿이라도 입에 넣어서 억지로 집 나간 집중력을 붙잡아 업무를 시작한다.

나는 아이들도 좋아한다. 물론 예의가 없는 행동을 하는 아이는 전혀 예뻐 보이지 않는다. 하지만 아이들이 변화하며 나에게 감사함을 표현하고 쑥쑥 성장하는 모습을 보여주면 보람을 느낀다.

아이들이 있으면 숨겨진 능력들이 발휘되기도 한다. 아이들이 도움을 요청하며 옆에서 기다리면 처음 해 보는 일도 쉽게 해냈기 때문이다. 반짝이는 눈망울로 쳐다보는 아이들의 시선은 햇살처럼 뜨끈하다. '실패하면 어떻게 하지.'라는 마음과 '꼭 성공시켜서 아이를 기쁘게 해주고 싶다.'라는 마음이 공존하는데, 속은 얼마나 떨리는지 모른다. 그러다 아이들이 부탁한 일을 해내면 나도 나에게 놀란다. 혼자였다면 성공하지 못했을 것이기 때문이다.

내가 학교를 좋아하는 이유 중 하나는 빠르게 변화하는 세상을 그나마 따라갈 수 있기 때문이다. 나는 얼리어답터의 정반대에 있는 사람이다. 아날로그가 좋고 옛것이 편해서 새로운 기술을 배우는 것이 귀찮다. 하지만 학교에서 일하기에 아이들로부터 요즘 유행하는 것들에 대해 배운다. 아이들이 아니었다면 시시각각 변하는 흐름을 놓쳤을 것이다. 불만을 말하면서도 사실 학교를 좋아한다고 글을 쓰게 되니 마치 학교와 밀당하고 있는 것 같다.

'사실 나, 너 좋아해. 내가 힘든 게 네 탓이 아닌데, 미워하고 싶을 땐 대상이 너밖에 없었어, 미안. 그리고 고마워 학교야….'

나는 학교를 좋아하는 만큼 선생님도 좋아한다. 그래서인지 아이들과 헤어지는 날만큼 선생님들과 헤어지는 날도 소중하다. 나는 모든 사람에게 좋은 사람이 될 생각은 없다. 하지만 감사한 선생님들이 나보다 먼저 학교를 떠나실 땐 마음을 꾹꾹 눌러 담아 편지를 드리곤 했다. 편지는 버려질 수도 있는 종이 쪼가리일 수도 있지만, 정성이 담겼기에 값을 매길 수 없는 선물이라고 생각한다. 그래서 나는 좋아하는 분들과 이별할 때 종종 편지를 쓴다.

책 『GRIT』에서 '열정은 강도가 아니라 지속성'이란 문장을 읽었다. 나는 이것저것 배우는 것을 좋아해 꾸준히

띵동! 작은 학교입니다

무언가를 하는 게 없다. 그래서 꾸준한 것이 열정이라는 말이 새삼 와닿았다. 열정은 잠깐 확 불타오르는 것이 아니라 지속해서 오랜 기간 하는 것이었다. 나는 '내가 5년 이상 같은 일을 하고 있다니 웬일이야…. 교사를 계속하는 것도 열정이네!'라고 생각하며 긍정 회로를 돌렸다. 끈기 있게 무언가를 해 본 적이 없었기에 이렇게 생각하니 스스로가 자랑스러웠다.

어느 날, 지역 행사 덕에 첫 학교에서 함께 했던 아이들을 오랜만에 만났다. 담임을 맡았던 아이뿐만 아니라 옆 반이었던 아이들도 나를 보고 반갑게 다가와 주었다. 신기하게도 아이들은 하나같이 못 볼 걸 본 듯 눈이 똥그래져서 뒤로 넘어지려 하며 소스라치게 몸을 떨었다. "꺅!!! 선생님!!!"이라고 외치며 너무 좋아하는 아이들을 보니 교사로서 보낸 과거의 시간이 가치 있게 느껴졌다. 자리에 앉아 있던 '알록달록 4학년'은 "선생님 제자예요? 언제 제자예요?"라며 멀뚱멀뚱 우리의 만남을 신기하게 바라봤다.

몇 가지 이유로 교사라는 직업이 불안하고 불만족스럽기도 하다. 하지만 1년을 무사히 보내고 시간이 흐른 후 당시 학생들을 만나면 그렇게 뿌듯하고 보람찰 수가 없다. '다른 선생님들도 잘 자란 제자들을 만날 때마다 힘을 얻어 교사 수명을 1년씩 연장하시는 게 아닐까?'란 생각이 들었다.

나는 점점 늙어가지만, 아이들은 계속해서 몸과 마음이 자랄 것이다. 자기 분야에서 열심히 정진해 청춘을 반짝반짝 빛낼 아이들의 미래를 상상하면 조금 더 교직에 있고 싶다. 담임교사로서의 1년은 학생들이 성장하는 순간을 실시간으로 함께할 수 있다는 것에 의미가 있다. 매년 3월엔 또다시 새로운 학생들과 지지고 볶으며 1년을 살아갈 것이다. 그 와중에 과거의 제자들이 날 반겨주면 '그래도 내가 나쁜 교사는 아니었구나'라는 생각이 든다.

어른도 완벽할 수 없기에 아이들에게 항상 좋은 모습만 보일 수는 없다. 하지만 가정이나 학교에서 어른들이 실수를 통해 노력하며 극복하는 모습을 보면 학생들도 잠재적으로 많은 것을 배울 거라 믿는다. 교사 일을 처음 시작할 땐 내가 마냥 긍정적인 사람이라 생각했다. 아이들을 보면 칭찬할 것만 보이고 좋은 말만 해주고 싶었기 때문이다. 하지만 교실에서는 그럴 수가 없다. 다른 학생에게 피해를 주거나 위험한 상황이 생길 땐 제지도 해야 하기 때문이다. 아이가 눈에 뻔히 보이는 거짓말을 할 땐 실

띵동! 작은 학교입니다

망스러워 큰 충격에 빠지기도 했다. 하지만 나도 어린 시절, 친구들이 기분 상하는 말을 했었고 어른들에게 거짓말도 했었다. 그때의 자신이 너무 부끄럽고 왜 그랬는지 도무지 이해가 가지 않는다. 나로 인해 상처받으신 분이 있으시다면 지면을 빌려 사과의 말씀을 전하고 싶다. 이랬던 나도 반성할 줄 아는 어른으로 성장했다. 그래서 아이들도 그럴 거라 믿고 조금 더 너그럽게 대하게 되었다.

아이들에게 상냥하게 말할 땐 내 표정이 밝을 것이다. 하지만 아이들의 잘못을 지도할 땐 얼굴에 주름이 자글자글한 마귀할멈처럼 보일 것 같다. 교직 경력이 많아질수록 인상이 험악해질까 걱정이다. 하지만 귀여운 아이들 덕에 웃는 일도 많다. 그렇다면 내 인상은 더 나빠질지, 더 좋아질지, 혹은 유지가 될지 궁금하다.

모든 사람은 그 자체로 존귀하다지만 나는 쓸모 있는 인간이 되고 싶었다. 그래서 4번째 수능 공부를 하던 수험생 시절, 매일 밤 도서관을 나오며 하늘에 있는 달님에게 질문을 던졌다.


'저는 대체 세상에 어떤 쓸모가 있어서 태어났나요?'

교사가 되고 나니 학생의 존재가 그 질문에 대한 답이 되었다. 아이들이 내 존재를 가치 있게 만들어 준 것이다. 아이들은 과연 그걸 알까. 본인들 덕분에 내가, 세상에 조금이라도 도움이 되는 인간이 되어 기쁘다는 것을.

# 행복 뭐 별거 있나,
# 무탈한 게 최고야

  훌륭한 분들 사이에서 나의 일상을 책으로 펴낼 수 있음에 감사하다. 에세이 특성상 내 글의 주인공들은 실존 인물이다. 그래서 한 명이라도 상처를 받지 않도록 신중하게 글을 쓰려고 노력했다. 그러다 보니 좋은 점을 많이 담게 되어 자랑하는 느낌이 들까봐 우려되기도 한다. 하지만 실제로 일어난 일들을 마음을 담아 꾹꾹 눌러 담았기에, 진심이 조금이라도 전달됐으면 좋겠다.

  나는 고3 때 뮤지컬 학과에 진학하고 싶어서 덜컥 뮤지컬 학과에 지원했다. 합격은 했지만, 뮤지컬로 성공할 자신이 없어서 재수를 하게 되었다. 재수 후 사범대학교에 진학했고 몇 년 후 다시 수능을 쳐서 교대에 입학했다. 4번째 수능을 치던 해엔 부모님 몰래 대학교 수업을 들으며 근처 고시원에서 생활했다. 불합격한 후의 계획을 생각하지 않았기에, 합격이라는 결과를 받은 것에 안도했다. "수능을 4번 쳤으면 서울대에 갔겠다."라고 말하는 분도 계신다. 하지만 하고 싶은 일을 성취하기 위해 도전했던 경험, 25살의 나이에 1학년 대학 생활을 하며 동기들과 지냈던 경험, 고등학생 때 성적이 좋지 않아 체벌을 받았던 경험 등은 학생을 바라보는 시선을 넓혀주었다.

매년 새로 받는 업무와 새로 만나는 아이들은 여전히 낯설고 어렵다. 경력이 쌓일지라도 그해 아이들은 처음이기 때문이다. 동료 선생님들은 작은 학교가 네모난 바퀴로 굴러가는 곳이라고 했다. 소수의 인원으로 아등바등 운영하기에 학교가 어떻게든 돌아가긴 하지만, 뭔가 어설픈 느낌이 들기 때문이다. 사실 올해는 도시로 학교를 옮겼기에 큰 학교에 배정받을 줄 알았다. 하지만 올해도 작은 학교에서 근무하게 되었다. 작은 학교에서 계속 행복을 누리라는 신의 계시인지도 모르겠다.

하루살이는 하루를 사는데, 교사인 나는 짧게 보면 1년을 산다. 그래서 매년 나의 목표는 아이들과 1년을 아무

탈 없이 무사히 완주하는 것이다. 교사로 근무하는 동안은 매일 수업과 생활지도에 많은 시간을 고민하며 지낼 것이다. 경력이 쌓여도 만나는 아이들의 성향도 다르고 수업마다 환경이 다르기에 어쩌면 당연한 일인 것 같다. 생활지도가 어려운 건 말할 것도 없다.

　좋아하는 분야를 찾아 그 분야에서 최고가 되고 싶던 어린아이는 평범한 교사가 되었다. 타고난 기질 탓에 어른이 되어서도 덜렁대는 그 교사는 여전히 사고뭉치 어린이 같다. 하지만 제 몫을 꾸역꾸역하려 애쓰다 보니 가끔은 사람들에게 인정받기도 하는 자랑스러운 딸이 됐다. 매일 반복되는 출근이 평범하게 느껴질 때는 수험생 때의 나를 떠올린다. 지금의 평범한 일상은 수험 시절 내가 그토록 바라던 특별한 일상이었다.

　여전히 나는 꿈꾸고 싶고, 무언가를 성취하고 싶고, 내가 좋아하는 것에 미쳐 몰두하고 싶다. 꿈에 대한 갈증은 아마 평생 있을 것이다. 꿈을 이루기 위해 밤낮으로 노력하던 어린 나는 눈앞에 있는 업무를 쳐내느라 바쁜 공무원이 되었지만, 내 앞에는 어떤 꿈이든 꿀 수 있는 어린이들이 있다. 꿈이 없든, 남들이 말도 안 된다고 비웃는 꿈을 꾸든, 무엇이든 될 수 있는 어린이들이 참 부럽다.

이 책이 출간되었다면 나의 첫 종이책이 발간된 것이다. 첫 독자가 되어 주신 여러분들께 진심으로 감사하다는 말씀을 드리고 싶다. 또한 하루하루를 열심히 살아가는 독자분들께 진심으로 격한 박수를 보낸다.

마지막으로, 선생님 독자분들이 아무 걱정이 들지 않는 행복한 교실에서 꿈을 훨훨 펼치시길 온 마음 담아 기원하며 글을 끝맺는다. "오늘도 아이들을 위해 애써주신 선생님들! 진심으로 감사합니다. 존경합니다. 선생님이 계시기에 우리 아이들이 학교에서 올바로 성장하고 있습니다. 앞으로도 잘 부탁드립니다!"

<Special thanks to>

험난한 세상이기에 사람은 타인과 의지하며 살게 됩니다. 혼자가 편하지만, 많은 분의 도움으로 지금까지 잘 버티며 살아왔습니다. 좋은 분들을 만날 수 있게 씩씩하게 키워주신 부모님과 있는 그대로의 저를 아껴주는 남편에게 가장 큰 사랑을 전합니다. 그리고 원고 교정에 큰 도움을 준 해중, 규리, 창훈, 첫해 동료 동우, 유진, 태완에게도 고맙다는 말을 전합니다.

# 띵동!
# 작은 학교입니다

신규 교사에게 배달된
작지만 큰 선물

초판 1쇄 발행    2024년 9월 15일

지은이    장홍영
펴낸이    이문용
편집      복일경
디자인    서승연
펴낸곳    도서출판 세종마루
등록      841-98-01732
주소      세종시 마음로 322, 2201-602
전화      (0507)1432-6687
홈페이지  https://blog.naver.com/glseedbook
이메일    sjmarubook@gmail.com

ISBN      979-11-983476-2-6(03810)